Tina Sieweke | God assists

TINA SIEWEKE

God assists

ROMAN

Die Bibliografische Information der Deutschen Bibliothek

Die Deutsche Bibliothek verzeichnet diese Publikation in der Deutschen Nationalbibliografie; detaillierte bibliografische Daten sind im
Internet über www.d-nb.de abrufbar.

Einbandabbildung: © jro-grafik, Fotolia
Herstellung und Verlag: BoD - Books on Demand, Norderstedt
© 2016 Tina Sieweke
ISBN 978-3-8370-3569-8

Prolog

Das passte zu ihr, dachte sie. Immer ließ sie sie im Stich, wenn sie sie am nötigsten brauchte. An jeder bisherigen Gabelung ihres Lebensweges musste sie allein entscheiden. Wenn sie es recht bedachte, war es ihr eigentlich auch immer gelungen, den richtigen Weg zu finden. Kompromisse musste man schließlich immer eingehen. Das war auch prinzipiell kein Problem, solange sie sich dafür nicht verbiegen musste oder sich gar selbst verlor. Aber heute war ein Tag, an dem sie sich nicht entscheiden konnte.

Sie war am 14. Juni 1955 im Sternzeichen Zwilling geboren. Nicht eben wankelmütig, wie es diesem Zeichen gern nachgesagt wurde, sondern eher Kopfmensch, hatte sie ihr Leben analytisch wie ein Strategiespiel gelebt. Allerdings hatten sie bisweilen seltsame Träume heimgesucht, die sie immer wieder verunsicherten. Da war in der Kindheit ihre Blinddarmoperation gewesen, bei der sie träumte, ihr Unterbewusstsein hätte den Körper verlassen und seelenruhig von der OP-Lampe aus zugeschaut, was die Ärzte unter ihr mit dem Körper trieben, während ihre Seele abzuwägen schien, ob sie wieder in den Körper einziehen oder weiter auf Reisen gehen sollte. Anscheinend entschied sie sich für Ersteres. Den genauen Ablauf bekam sie, als sie aus der Narkose erwachte, nicht mehr zusammen. Aber nie bezweifelte sie, ihren Körper verlassen zu haben, auch wenn sie es für lange Zeit vergaß.

Auch als sie ihren Freund das erste Mal nach Hause begleitete, um den Eltern vorgestellt zu werden, überkam sie gleich im Eingangsflur das Gefühl, dort schon gewesen zu sein. Sie erkannte die Treppe, die grün gemusterte Tapete und den lindgrünen Teppichboden, mit dem die Treppe ausgelegt war. Auch diese Begebenheit legte sie in die geheime Schublade, in der schon die Blindarmoperation gelandet war, möglichst fernab vom täglichen Zugriff. Mehrere Jahre später hatte sie wieder einen Traum. Oft besuchte sie die nahe gelegene Burganlage der Stadt, um zu malen; damit finanzierte sie sich einen guten Teil ihres Studiums zum Lehramt. In dem Traum hatte sie ihre Staffelei aufgestellt und sich auf die Burgmauer gesetzt, um ihr Motiv eingehend zu betrachten. Irgendjemand stieß sie, sie kam ins Wanken und stürzte in die Tiefe. Das Ergebnis träumte sie nicht mehr, aber es war ihr klar, dass es da kein Überleben gab. Von diesem Tag an jedoch erinnerte sie sich an den verborgenen Hort ihrer Erinnerungen und an vergangene Eingebungen. In der Angst, es könne sich bewahrheiten, was ihr Unterbewusstsein suggeriert hatte, mied sie die Burganlage.

Die Träume jedoch hörten nicht auf, und immer stürzte jemand ins Bodenlose. Allerdings waren die Träume nicht mehr so konkret oder zumindest führten sie sie nicht mehr an Orte, die sie kannte oder an die sie sich wirklich erinnern konnte. Also waren sie anscheinend auch nicht gefährlich. Sie wachte zwar immer auf und schreckte hoch, weil sie das Gefühl hatte, selbst zu fallen. Doch wenn sie gewahrte, dass sie sicher in ihrem Bett lag, schlief sie wieder ein, wenn sich ihr Puls beruhigt hatte und das Gefühl der Bedrohung verflogen war.

Immer wieder schlich sich ein Gedanke in ihren Kopf: Sollte es möglich sein, dass ein Zwilling tatsächlich zwiegespalten war und der eine dominant war und der andere im Hintergrund weilte? Hatte sie sie seit dem letzten Traum verlassen? Sie, die immer so kreativ und einfallsreich Lösungen für jede Lebenslage parat hatte? Eigentlich nicht, das wusste sie innerlich. Es war da immer diese andere Person in ihr. Welche von beiden gerade gefordert war – die zielstrebige, wendige, intelligente Frau, die mit Kopf und Verstand herrschte, oder die melancholische, romantische, sehnsüchtige Zweite, die hin und wieder schwer missgelaunt in die Welt schaute –, bestritt den neuen Tag oder hielt sich bedeckt. Oder war das einfach der Facettenreichtum, der ihr gegeben war und sich nicht zu einer grauen Suppe vermischen ließ?

Aber wäre das nicht allzu leicht? Da war häufig ein Widerstreit in ihrer Brust und in ihrem Kopf ...

Sie dachte zu viel – ja, das war's. Sie dachte einfach zu viel.

Schublade auf – Irritation hinein, Schublade zu.

Einfach vergessen.

1

Sie war mit ihren neunundfünfzig Jahren wohl bereits im späten Herbst ihres Lebens angekommen, aber für das zwanzigste Jahrhundert noch nicht zu alt. Schließlich hätte sie, wenn alles normal gelaufen wäre, noch ein paar Jahre arbeiten müssen bis zur wohlverdienten Muße. Im Übrigen hatte sie sich ganz gut gehalten. Ihrem Gesicht sah man nicht an, dass sie die Fünfzig schon überschritten hatte, was auch darauf zurückzuführen war, dass sie ihre Haut nie mit Schminke, Cremes und solchem Zeug überfordert hatte. Allein Wasser und nichts, was die Poren zukleisterte, kamen ihr ins Antlitz. Allenfalls kleinere Lachfalten an den Augen und an den Lippen begannen sich so langsam auszubilden und sich ihrem tatsächlichen Alter entsprechend in ihre zarte Haut einzugraben. Doch prinzipiell war sie ein Mensch, der sich schnell allen Gegebenheiten anpasste und nicht lange mit Ärger verbrachte. Vielleicht zahlte sich auch das durch jüngeres Aussehen aus. Auch ihre Figur konnte sich noch sehen lassen. Bei ihren immer noch einsachtundsiebzig Körpergröße kam es auf ein paar Gramm nicht an, die verteilten sich gut. Und trotzdem …

In ihrem Inneren schien der Winter schon vor langer Zeit Einzug gehalten zu haben. Sie fühlte sich uralt und gebrochen und hatte ihr Vegetieren, so empfand sie es, endgültig satt. Im Übrigen wunderte es sie kein bisschen, dass sie mal wieder an einem Scheideweg stand. Irgendwie änderte sich ihr Leben wie von Geisterhand gesteuert circa alle zwanzig Jahre – und na ja, da war sie nun.

Achtzehn Jahre war sie im Kinderheim aufgewachsen, neunzehn Jahre hatte ihre erste Ehe gehalten. Sie hatten noch während des Studiums geheiratet und danach einige Jahre als Grundschullehrerin gearbeitet. Als sie sich dann für Nachwuchs entschieden, hatte sie zwei Totgeburten. Das war wirklich nicht leicht, zu wissen, dass man ein Kind gebären musste und bereits unter dem Schmerz wusste, dass es tot sein würde. Und das zweimal, sie kam darüber kaum hinweg. Deshalb stürzte sie sich erneut in ihre Arbeit und die Ehe scheiterte.

Nun war auch die zweite Ehe zu Ende. Aber auch wenn es diesmal nicht am Miteinanderleben scheiterte, so war die Trennung doch abzusehen. Sie hatte keine Tränen mehr. Sie konnte nach den vergangenen Monaten des Begreifens und der Erkenntnis nicht mehr um ihren Mann weinen. Zu oft hatte sie ihm gesagt, dass er eines Tages sein Leben auf der Straße lassen würde. Seine Raserei hatte schon ein kleines Vermögen in die Kassen der jeweiligen Kommunen gespült, sie könnte ein ganzes Zimmer mit den Bußgeldbescheiden tapezieren. Zwanzig Jahre lang hatte sie mit der Angst gelebt und ihm wenigstens in der Zeit das Versprechen abnehmen können, dass er anrief oder eine Nachricht schickte, wenn er irgendwo angekommen war, damit sie beruhigt sein konnte. Eines Tages kamen eben keine Nachricht und kein Anruf und sie wunderte sich auch nicht, als spät abends zwei Polizeibeamte an der Tür schellten und ihr das mitteilten, was sie ohnehin schon wusste. Sie war gefasst und sprachlos. Des Nachts war jedoch die Wunde aufgebrochen, die schon den ganzen Tag wie eine schwelende Infektion geschmerzt hatte.

Sie war wütend, sie war traurig, unfassbar traurig, sie war einsam, sie war unsicher, was sie abgrundtief hasste, und sie war behindert.

Sie brauchte ihn doch, sie hatte doch auf ihn gebaut, er sollte ihr doch lebenslang zur Seite stehen und nun? Er hatte sich einfach davon gemacht.

Nein, sie war schrecklich wütend, brüllte ein Bild auf dem Kaminsims an, das sie durch den Tränenschleier nicht einmal deutlich sah. Zu Hause war sie sicher, zu Hause war ihre Wehr-Burg. Dort konnte sie sich frei bewegen, wusste, wohin sie ging, wie der Weg aussah, wo alles lag, aber draußen – draußen war für sie ein gefährlicher Ort. Da war sie auf Hilfe angewiesen.

Sie machte ihm gefühlte hundertachtzig Vorwürfe und war am Ende völlig erschöpft auf dem Sofa zusammengerollt eingeschlafen. Die Tränenflüsse trockneten auf ihrem Gesicht und hinterließen Salzkrusten.

2

Ein Jahr später, als Beerdigung, Erbschaft und all das geregelt waren, stellte Katrina fest, dass sie sogar im Notfall draußen halbwegs ohne fremde Hilfe zurechtkam. Dass die Hilfsmittel wie Gehstock, Brillen und Rollstuhl vom Besten waren, und als sie endlich gelernt hatte, wie man das Ding auch noch ohne große Kraftanstrengung in den Kofferraum laden konnte, fühlte sie sich schon wieder etwas lebendiger. Trotzdem verging kein Tag, an dem sie nichts mit Schmerzen zu tun hatte, und es verging nahezu keine Stunde, in der ihr nicht klar wurde, dass sie nicht frei von Handicaps war. Sie hatte eben nicht nur kürzlich ihren Mann beerbt, sondern schon viel länger vorher, quasi schon bei ihrer Entstehung, einen ihrer Elternteile. Aber sie kannte beide nicht, also konnte sie wohl kaum auf sie böse sein. Es war ihr auch klar, dass weder der eine noch der andere etwas dafürgekonnt hatte. Erbkrankheiten durchlebte, wer sie eben erbte. Fertig, aus.

Aber sie war auch nicht völlig allein zurückgeblieben. Da war ihre Schwiegermutter und da war ihr Stiefsohn, den sie liebte, als hätte sie ihn selbst auf die Welt gebracht. Auch der Junge kümmerte sich um Katrina, die ihn aufgezogen und ihn stets wie ihr eigen Fleisch und Blut behandelt hatte. Sie hatte ihn umsorgt, ihm Trost gespendet und großen Anteil an seiner Ausbildung und seinem Empfinden für Verantwortung und Gerechtigkeit.

»So, meine Liebe, morgen um zehn kommt der Fensterputzer, kriegst du das alleine hin, oder soll ich rüberkommen?«, fragte Lena, ihre Schwiegermutter, für die sie Gott von Herzen dankte. Auch wenn die Frau schon auf die Achtzig zuging, war sie fit und voller Unternehmungsdrang. Keine Feier, keine Seniorenfahrt ging ohne Lena. Das war ein wahres Phänomen für sie, und sie war unendlich dankbar für Lena.

Lena liebte Katrina wie eine Tochter und kümmerte sich seit dem Tod ihres eigenen Sohnes rührend um sie.

»Ja klar, ich bin doch zu Hause. Da kenn ich mich schon aus, kein Problem.«

Mit einem gehauchten Kuss auf die Stirn verabschiedete sich Lena und war schon wieder durch die Terrassentür und den angrenzenden Garten in ihr eigenes Domizil verschwunden.

Der Schwiegervater war vor fünf Jahren verstorben und auch bei Lena hatte die Zeit die Wunden geheilt. Ihr würde es auch so gehen. *Zeit heilt*, diesen Spruch bekam sie derzeit an jeder Ecke hinterhergeworfen. Sie konnte es nicht mehr hören. *Zeit heilt.* Wie viel Zeit denn? Was passierte denn dann?

Oh Gott, wie banal.

3

Trotz des vergangenen Jahres fühlte sich Katrina immer noch nicht geheilt, aber sie befand sich, so glaubte sie, auf einem neuen Weg.

»Hallo Mama«, rief sie durch den Garten und ging langsam zur Terrasse ihrer Schwiegermutter herüber. Das klappte eigentlich ganz gut. Es war ihr zwar nicht möglich, den Weg schnurgerade hinter sich zu bringen, auch ging es nur langsam voran, aber sollte sie hier stürzen, sah es nur die Familie und sie fiel schließlich auf Rasen, das tat nicht so weh. »Hast du mal 'ne Minute? Ich wollte dich fragen, ob du zwei oder drei Wochen ein Auge aufs Haus haben kannst. Ich habe mir überlegt, dass mir vielleicht ein bisschen Luftveränderung gut tun würde.«

»Aha, wo soll es denn hingehen?«, fragte Lena. In ihrer Stimme klang leichtes Unbehagen und ihre Brauen hatten sich stirnaufwärts bewegt.

»Na ja, eigentlich hätten Daniel und ich nächste Woche wieder nach Schottland fahren wollen. Ich denke, ich mach das jetzt, wenn auch allein. Ich möchte dorthin.«

»Meinst du wirklich, dass das gut ist? Warum fährst du nicht nach Ischia oder so, wo du auch was für deine Gesundheit tust? Musst du ausgerechnet dahin, wo du viel an Daniel denken musst? Kind, das ist falsch, das ist so falsch. Mach das nicht.«

»Lena, ich liebe dieses Land, ich fühle mich dort wohl, ich sehne mich dorthin«, versuchte sie zu erklären. »Es wird mich nicht traurig machen, dort zu sein. Ich glaube, es wird mir helfen, außerdem wird es anders sein. Ich bin dort allein. Es wird anders sein, glaub mir, und ich würde es nicht tun, wenn ich denken würde, es würde mich quälen.«

Sie wartete Lenas Nicken ab und machte sich wieder auf den Rückweg in ihr Haus. Das Treppensteigen in den ersten Stock fiel ihr zwar schwerer als früher, aber hinauf ging noch ganz gut. Hinab war etwas anderes, vor allem, wenn sie noch einen Koffer hinunterschleppen sollte. Schweißnass saß sie eine gefühlte halbe Stunde später im Erdgeschoss auf ihren Sachen und war heilfroh, die Gepäckaktion ohne Unfall überstanden zu haben.

Sie hatte einen Flug nach Inverness gebucht.

Erik, Daniels Sohn aus erster Ehe, den sie quasi gratis zu ihrem Mann dazubekommen hatte, weil seine Mutter einem Krebsleiden erlegen war, fuhr sie nach Düsseldorf zum Flughafen. Er sorgte dafür, dass Gepäck und Rollstuhl aufgegeben wurden und seine Stiefmutter, die er von Herzen gern hatte, zum Einchecken an die richtige Stelle gelangte. Er hielt unterstützend ihren Arm und geleitete sie bis dorthin, wo sich Passagiere und Bleibende trennen mussten. Er sah sie liebevoll an, wusste er doch um die Seelennot seiner Mutter, die der Tod seines Vaters verursacht hatte.

»Ciao, Mama, melde dich, wenn du angekommen bist. Ich wünsch dir einen schönen Urlaub. Wir sehen uns in drei Wochen, ich hol dich wieder ab, okay?«

Er gab ihr einen warmen, weichen Kuss auf die Wange und sah in ein fast ängstliches Gesicht. Er musste fort, er hatte es ihr genauso ausreden wollen wie Lena, ausgerechnet nach Schottland zu fahren. Sein Magen kniff und er machte sich Vorwürfe, aber sie hatte darauf bestanden. Sie hatte sogar gedroht, mit dem

Taxi zu fahren, wenn sie keiner brachte. Sie wäre gefahren, so oder so.

Langsam löste sich die Verkrampfung und er machte sich auf den Heimweg. Innerlich winkte er dem Flieger hinterher, obwohl der noch gar nicht in der Luft sein konnte.

4

Nach zwei Stunden Flug erreichte sie Inverness und hatte Mühe, ihre vom Sitzen eingeschlafenen Glieder wieder in Gang zu bekommen. Was für die meisten Leute eine lächerliche Kurzstrecke sein mochte, war für ihre Verhältnisse schon eine kleine Quälerei.

Ein junger Mann, der neben ihr am Gepäckband wartete, um seinen Seesack herunterzufischen, bot ihr Hilfe an und sie war selig, dass sie ihren schweren Koffer nicht allein dort herunter heben musste. Er stellte ihn an ihre Seite und murmelte ein kurzes »Bitte, Mam«, um sich abzuwenden und zu gehen. Sie hauchte ihm ein »Vielen Dank« nach und blieb mit dem Herunterheben ihres Rollstuhles allein. Woher hätte der Mann das auch wissen sollen? Sie stand unsicher da und überlegte, wie sie es anstellen sollte, ohne ihr Gleichgewicht zu verlieren.

Das erste Mal ließ die den Rollstuhl passieren, weil sie merkte, dass der Widerstand durch das Gewicht des Gerätes sie ins Schwanken brachte, und ließ unverzüglich los. Beim zweiten Durchlauf war sie sicher, dass sie es aus einem anderen Winkel versuchen musste, damit die Rollen Kontakt mit dem Laufband bekamen und sie ihn quasi nur noch herunterrollen lassen musste. Es klappte. Gott sei Dank war es ja schon ein leichtes Modell, aber dennoch fiel es ihr schwer. Sie klappte ihn auf und setzte sich erst mal ein paar Minuten zum Durchatmen.

Da kam ihr auch schon das nächste Problem in den Sinn. Der Akku des Rollstuhls war im Koffer, zwar geladen und so kräftig, dass sie damit immerhin eine Reichweite von zwanzig Kilometern überbrücken konnte, aber in dem Moment war es halt ein manuell zu betreibender Rollstuhl. Wenn sie nun die Räder per Hand antreiben musste, konnte sie nicht gleichzeitig den Koffer hinter sich herziehen. Sie stand also schweren Herzens wieder auf und beschloss den Rollstuhl als Rollator zu benutzen. Sie zog die Bremse an, wuchtete den Koffer auf den Rollstuhl und machte sich auf den Weg durch die Passkontrolle und zur Leihwagenstation.

Sie ließ ihren Tross einfach als Öffner in der schweren Eingangstür des Autoverleihs stehen und ging zum Informationsschalter.

»Hallo, ich bin Katrina Bruis und ich hatte einen Kombi gebucht. Steht das Auto bereit?«

Der Kopf mit dem schütteren Haar eines Endvierzigers hob sich hinter dem Tresen und sah sie fragend an.

»Führerschein, Personalausweis und Kreditkarte, bitte«, forderte er sie mit sich täglich wahrscheinlich zig Mal wiederholender Tonbandstimme auf.

Sie reichte ihm die gewünschten Unterlagen und suchte die Buchung heraus.

»Ah«, sagte er, »die Dame mit dem Automatikwagen. Sie können aber schon Auto fahren, oder? Das ist ja mal völlig unüblich.«

»Natürlich kann ich Auto fahren, aber warum sollte ich mich hier schlechter stellen als zu Hause? Dort habe ich auch einen Automatikwagen, höchstens der Linksverkehr wird gewöhnungsbedürftig sein. Wo ist also das Problem? Haben Sie keinen Wagen?«

»Doch, doch, er ist vor einer halben Stunde aus der Zentrale aus Edinburgh angekommen.« Er reichte ihr die Unterlagen zurück und schob ihr den Vertrag zur Unterschrift hin. »Bitte dort und dort«, er zeigte auf zwei mit kleinen Kreuzchen markierten Stellen und bat um die Zeichnung.

Dann erhob er sich und Katrina musste fast grinsen, als sich ihre Vermutung bestätigte, dass das Männlein sie auch noch in der Statur fast an einen der Gnome aus den Harry-Potter-Filmen erinnerte. Sie rief sich aber augenblicklich zur Ordnung, schließlich konnte sie ihm ebenso gut wie eine schwankende Riesin erscheinen. Man warf halt nicht mit Steinen, wenn man im Glashaus saß. Am Ende dieses Gedankens kam der Zwerg um die Ecke des Tresens, Fahrzeugpapiere und Schlüssel in der Hand, um sie zu dem Auto zu begleiten. Kurze Besichtigung, keine Schäden, kurze Einweisung, alles bekannt, und Übergabe, aber kein Angebot der Hilfe beim Einladen des Gepäcks, nur ein geschmackloser Blick auf den Rollstuhl und ein wieder vom Band gesprochenes »Gute Fahrt und auf Wiedersehen«. Damit verschwand der Gnom und Katrina lud ihre Habe in den Kofferraum.

Sie stieg auf der falschen Seite ins Auto ein, ganz in dem alten Trott, weil ja links immer Daniel saß. Doch niemand stieg dazu. Sie atmete tief durch und stieg wieder aus, umkreiste argwöhnisch das Fahrzeug und ließ sich auf der Fahrerseite nieder.

Also gut. Zähne zusammen und durch, alles war verkehrt herum, aber das hatte sie schließlich gewusst. Sie stellte das Navigationssystem an und gab die Zieladresse ein. Das Auto war mit Rückfahrkamera und allem Gepiepe ausgestattet, um nirgendwo anzuecken, und so schaffte sie es dann auch prima aus der Tiefgarage an die Freiheit. Der Linksverkehr war dann gar nicht so schwierig, man brauchte ja eigentlich nur den anderen hinterherzufahren, und in kürzester Zeit war sie auf links eingestellt. Katrina suchte sich den Weg auf die A96 in Richtung Aberdeen und genoss die ersten Eindrücke der Fjord-Landschaft. Bis Elgin konnte sie immer noch hin und wieder einen Blick auf das Meer erhaschen, aber dann ging es landeinwärts.

Am späten Nachmittag kam sie entspannt, nein sogar völlig entschleunigt, etwas außerhalb von Stonehaven bei ihrem Stamm-B&B an. Mary Finnegan hatte nach dem Tod ihres Mannes das Haus in eine gemütliche, familiäre kleine Pension umgestaltet und war eine wunderbare Gastgeberin. Immer offenen Ohres, aber niemals aufdringlich oder neugierig. Katrina freute sich so auf ein Wiedersehen und wurde auch nicht enttäuscht, als die Eingangstür sich öffnete, während sie noch im Kofferraum herumkramte. Mary kam ihr mit offenen Armen entgegen und drückte sie ganz herzlich, und es war eine Wärme, die zu Katrina hinüberströmte, die sie nie für möglich gehalten hätte. Es fühlte sich an, wie nach Hause zu kommen. Allein der kurze Anflug von Beileid trübte den Augenblick. Katrina wollte nicht mehr trauern, sie wollte ihren Mann in Erinnerung behalten, aber sich nicht in Trauer aufgeben. Mary hatte ein außerordentliches Gespür für das emotionale Durcheinander ihres Gastes, sodass sie sich auf die liebevolle Begrüßung, ihre Hilfe beim Entladen des Autos und eine Tasse frischen Tees beschränkte. Für alles andere wäre noch viel Zeit, immerhin blieb Katrina zwei oder drei Wochen und das war sehr viel Zeit in einem B&B.

Über ihre Teetasse hinweg studierte Mary ihr Gegenüber und sah eine attraktive Frau, die sich anscheinend noch nicht wieder auf ihrem richtigen Weg befand. Sie sah in den blaugrauen Augen, die sich auf seltsame Art der jeweiligen Umgebung anpassten und auch schon mal das helle Grün eines frischen Lindentriebes annehmen konnten, eine ungewohnte Unsicherheit. Viele Jahre waren sie sich bereits bekannt. Immer wieder hatten Daniel und Katrina einige Tage bei ihr verbracht und ihrer Einschätzung nach war Katrina immer der klarere Typ gewesen. Sie wusste, was sie wollte, war sprachlich gewandter und durchaus in der Lage, sich in jedem Winkel der Welt zurechtfinden. Aber nun sah Mary nur Hin- und Hergerissen-Sein. Nichts klares, keine Struktur. Es tat ihr leid, dass Katrina litt. Sie hatten sich über die Jahre angefreundet und trotzdem gab es da einen inneren Kreis, den sie zu durchbrechen noch nicht in der Position war. Dafür waren die Bande nicht wirklich eng genug und sie wusste, dass nur Katrina diese Grenze öffnen konnte. Mary mochte sie gern, aber niemals würde sie jemanden zu etwas zwingen. Sie wäre da, wenn sie gebraucht würde, und sie hoffte sehr, dass Katrina das auch fühlte.

5

Nachdem Katrina ihren Koffer ausgepackt und sich in ihrem liebevoll hergerichteten Zimmer niedergelassen hatte, überkam sie die Müdigkeit, die nach einer Tagesreise wohl jeden überfiel, wie aus dem Nichts. Sie hatte Hunger und auch wieder nicht. Sie wollte an die frische Luft, das Meer sehen und auch wieder nicht. Schließlich legte sie sich auf ihr Bett und schlief ein. Sie schlief wie eine Tote, tief, traumlos und losgelöst von allem. Sie spürte nicht mehr den Hunger, den sie eigentlich hatte, sie spürte nicht, dass sie eigentlich fror, da sie nur in ihren Sommerkleidern auf dem Bett lag und nicht zugedeckt war.

Katrina erwachte, als der Hahn von Marys Hühnerschar zum ersten Mal des Morgens schrie und es draußen schon fast hell war. Warum auch nicht, schließlich war es Juni. Nun hörte sie ihren Magen erwartungsvoll knurren und merkte an dem warmen Brennen, dass sie ihn bereits über Gebühr vertröstet hatte. Nein, eigentlich nicht einmal das. Sie hatte ihn ignoriert. Also stieg sie steif aus dem Bett, zog sich komplett die Reisekleidung aus und ging duschen. Sie machte ihre Haare, die sie noch vor der Reise pflegeleicht zu einem kurzen Bob hatte schneiden lassen, sodass kurzes Föhnen und, wenn nötig, ein wenig Gel genug sein würden, um einigermaßen passabel auszusehen. Ihr blonder Haarschopf war gerade frisch nachblondiert. Obwohl sie eigentlich jetzt bereits grau gewesen wäre und auch gar keine Lust mehr auf diese ständige Nachfärberei hatte, hatte sie doch noch einmal auf ihre Friseurin gehört, die ihr gesagt hatte, dass Grau noch gar nicht zu ihrem Gesicht passe. Die Eitelkeit hatte gesiegt und jetzt strahlte ihr Haar eben in der Farbe getrockneten Strohs.

Sie zog sich ihre dreiviertellange Jeans an und ein grünbuntes, langes T-Shirt und streifte ihre kurzen Söckchen über, die man in den Sportschuhen nicht sah. Sie steckte die Füße in ihre Nikes und band sie zu. Ein kurzer, zufriedener Blick in den Spiegel am Kleiderschrank und sie befand sich auf dem Weg zum Frühstücksraum. Der Wermutstropfen Treppe nach unten wurde gemeistert, indem sie, sich an Handlauf und Wand abstützend, langsam Stufe für Stufe nach unten stieg.

Der Duft von Rührei und Speck ließ ihren rebellischen Magen noch einmal vernehmlich seinen Unmut über die langsame Versorgung kundtun, sodass Katrina froh war, gleich beim Eintreten von Mary begrüßt zu werden und mit einem kurzen Fingerzeig einen Tisch zugewiesen zu bekommen. »Bin gleich wieder da«, hatte sie ihr zugeraunt, und mit der Frage: »Kaffee, nicht wahr?«, auf die sie gar keine Antwort erwartet hatte, war sie aus dem Raum geflogen und in die Küche entschwunden.

Am Buffet stand schon alles bereit, was ein schottisches Frühstück ausmachte. Katrina liebte ihr Porridge, wenn sie hier war, und genehmigte sich ein kleines Schälchen, damit der widerborstige Gast in ihrer Körpermitte sich beruhigte. Auch wenn diese Frühstücksspeise von vielen Fremdländern belächelt wurde, wusste Katrina nicht nur das geschmackliche Zusammenspiel von Salz, Sahne und Honig sehr zu schätzen, sondern auch die sättigende Wirkung dieses zugegebenermaßen unansehnlichen Haferschleims. Sie jedenfalls konnte ihn genießen, und gerade hatte sie ihren letzten Löffel davon vertilgt, als Mary mit dem Kaffee erschien.

»Hast du gut geschlafen, meine Liebe? Ich war ein bisschen irritiert, als du gestern gar nicht mehr aufgetaucht bist, aber na ja, es war bestimmt ein anstrengender Tag. Was möchtest du vom gekochten Frühstück? Rührei, Spiegelei, Würstchen?«, fragte sie geschäftig weiter und Katrina bestellte Rührei, Speck und Blackpudding.

6

Gut gestärkt und fast zu satt, um sich mit Elan auf den Weg zu machen, gab Katrina kurz bei Mary Bescheid, dass sie sich mit dem Rollstuhl am Küstenweg entlang in Richtung Castle begeben wolle. Den geladenen Akku baute sie schnell in ihren Rolli und wollte gerade den Parkplatz der Pension verlassen, als

Mary ihr hinterherrief: »Nimm ein Handy mit, falls was passiert mit dieser Höllenmaschine. Ruf mich an, okay?« Katrina hatte das zwar akustisch nicht ganz verstanden, winkte Mary aber dennoch und begab sich auf der gegenüberliegenden Straßenseite in einen recht guten Feldweg, der in den Küstenwanderweg mündete.

Der Rollstuhl war neu und der letzte Schrei, der auf dem Markt zu haben war. Die elektrische Unterstützung machte es ihr leicht, voranzukommen, und zu Hause hatte Erik ihr gezeigt, was das Ding alles konnte. Sie hatte die Bedienung schnell begriffen und den Umgang perfektioniert. Sie lernte seine Wendigkeit schätzen und die Lenkung über einen Joystick empfand sie als einfach. Erik hatte geflachst, wenn sie wiederkäme müssten sie an dem Motor was machen, der könnte jawohl ein bisschen getunt werden, damit der Rolli insgesamt ein wenig schneller würde. Sie hatten zusammen darüber gelacht. Das war ihr gerade wieder eingefallen, als sie sich im Schneckentempo auf diesem Feldweg vorwärts bewegte, auf dem sie doch ein paar tieferen Furchen ausweichen musste, damit der Stuhl nicht umkippte. Zwar war es schon ein Sportrollstuhl, dessen Räder leicht schräg an dem Gestell angebracht waren, sodass eben ein Umfallen nahezu ausgeschlossen war, aber man musste das ja nicht unbedingt gleich ausprobieren. Sie zuckelte also dahin und kam auf dem gut ausgebauten Wanderweg an. Es war ein Klippenweg, der zwar nicht asphaltiert, aber mit einem gemahlenen gelblichen Belag ausgestreut und festgewalzt worden war und einen erstaunlich festen Grund hatte. Eine kleine Fußgängerautobahn, denn wie sie wusste, war diese Strecke ausgiebig bewandert.

Sie hielt den Rolli an und genoss den Blick auf das Meer. Es gab einen ganz ordentlichen Ostwind und sie war froh, dass sie sich noch eine Wetterjacke mitgenommen hatte. Schottland war wettertechnisch nicht so ganz berechenbar und besser, man war gut gerüstet. Diese lohnende Ausgabe in diesem unverfroren teuren Jagdgeschäft bereute sie nicht eine Minute. Sie hatte die Deerhunter-Jacke aus der Seitentasche ihres Gefährtes gezogen und astete sich aus dem Rollstuhl, um sie überzuziehen. Als sie nun so da stand und während des Anziehens auf das Meer sah, spürte sie den Boden unter ihren Füßen sich gleichermaßen im Wellengang wie die See, auf die sie sah, zu bewegen. Sie drehte sich um und hoffte, dass der Blick landeinwärts wieder Klarheit in ihren Kopf brachte. Tatsächlich beruhigte sich ihr Eindruck und ihre plötzliche Panikattacke, der Boden könnte ihr unter den Füßen weggezogen werden, ging vorbei. Sie schloss die Jacke, die mit Magnetknöpfen ausgestattet war, denn ein Reißverschluss hätte Geräusche von sich gegeben, mit dem man das Wild verscheucht hätte. Tolle Technik, dachte sie so bei sich, als sie sich wieder in die Sicherheit ihres Rollstuhls begab, ihn vom Meer in Fahrtrichtung Wanderweg lenkte, der sie zum Castle führte. Dennoch blieb ihr Puls noch eine Weile erhöht. Wie konnte sie nur so dumm sein und hier alleine herumstrolchen. Sie hatte auf Hilfsmittel und Technik gebaut, aber völlig verdrängt, dass auch dafür erst mal körperliche Fähigkeiten erforderlich waren.

Mit Daniel war das früher alles kein Problem gewesen. Sie waren jedes Jahr mit der Fähre von Amsterdam nach Newcastle gekommen und mit dem eigenen Auto durch Schottland gereist. Ja, früher waren Schiffe auch kein Problem für sie gewesen. Selbst als sich ihre Krankheit langsam anschlich und sie auch an Land das Gefühl hatte, dem Seegang auf einem Schiff ausgesetzt zu sein, hatte sie sich immer noch schutzsuchend bei ihm einhaken können. Er hielt sie und sie fühlte sich sicher. Jetzt hasste sie Schiffe und mied sie. Es kam ihr so vor, als hätte alles mit einem Flugzeugträger angefangen, auf dem sie den Wellengang nur ahnen konnte, und nun wären die Fähren zu Nussschalen mutiert, die nur so auf und ab tanzten. Aber sie wusste auch ganz genau, dass sich bei den Schiffen überhaupt nichts geändert hatte. Allein bei ihr war nicht mehr alles richtig. Dieses ewige Schwanken, diese ewige Unsicherheit, den ersten Schritt zu tun und einen Weg einigermaßen gerade hinter sich zu bringen, das strengte sie mörderisch an. Dann verfluchte sie die Welt, fragte sich, womit gerade sie das alles verdient hatte und verlor sich in Selbstmitleid.

Das wollte sie aber heute nicht, sie wollte schaffen, was sie sich vorgenommen hatte: zum Castle zu gelangen. Also tuckerte sie weiter den Klippenweg entlang und konnte es schon in der Ferne auf einem Felsvorsprung liegen sehen. Heute würde sie sich ohnehin mit der Fernsicht begnügen müssen, denn allein könnte sie niemals den steilen, unebenen Ab- und Zugang bewältigen.

7

Komisch war es schon irgendwie, dass heute niemand unterwegs war, um diese alte Burgruine, die in jedem Reiseführer als Muss ausgewiesen war, zu besuchen. Auch das gegenüberliegende Ausflugsrestaurant war seltsamerweise geschlossen. Sie war am Parkplatz angekommen und fuhr bis zum Eingang des Zuweges zum Burgplateau und schaute sehnsüchtig zu dem alten Gemäuer. Schade. Jedes Jahr war sie dort gewesen, und obgleich die Geschichte viele Veränderungen an dem Schloss kannte, war es für sie immer gleich gewesen. Vielleicht hatten zu jeder Zeit andere Blumen geblüht und dadurch andere Farben auf den Burg-Berg gebracht, aber ansonsten war immer alles wie zuvor. Jedes Mal, wenn sie dort herumspazierte, war es ihr so seltsam vertraut. Sie kannte jede Ecke und auch den Großteil des Werdegangs der Burg, aber warum sollte es auch nicht so sein? Es waren auch schon mindestens zehn Besuche gewesen, bei denen sie nicht müde geworden war, sich die Beschreibungstafeln durchzulesen. Die Faszination wurde letztlich wohl durch die Lage ausgelöst. Immer wieder dachte sie, dass diese Burg eigentlich uneinnehmbar gewesen sein musste. Aber die Historie sagte etwas anderes. Mehrmals hatte die Geschichte gezeigt, dass auch diese Burg fallen konnte, und natürlich wäre sie wohl keine Ruine, wäre das nicht geschehen.

Der Wind hatte seine Richtung gewechselt und kam jetzt aus

dem Norden. Ihr Blick fiel auf den kleinen ausgetretenen Weg, den wohl schon so einige Touristen in die Wiese gelaufen hatten, um die Burg von dort aus zu fotografieren. Sie überlegte, ob sie es wagen könnte, dort entlangzustapfen und von dort aus noch einmal zu schauen. Der Weg war nahezu eben, was den Höhenunterschied betraf, aber für ihren schwankenden Gang vielleicht doch nicht ganz das Richtige. Doch die Sehnsucht überwog und so ließ sie den Rolli dort stehen und machte sich konzentriert und immer auf den nächsten Tritt achtend auf den Weg. Es fiel ihr schwer, und als sie endlich aufsah, um zu schauen, wie weit sie es noch hatte, hatte sie erst die Hälfte des Weges geschafft. Dann nahm sie sich noch einmal zusammen und stapfte weiter und wäre an einer wirklich tiefen Furche fast gestürzt, konnte sich aber gerade noch fangen. Mit Herzklopfen dachte sie bereits an den Rückweg. Doch als sie endlich für ihren tapferen Weg belohnt wurde und einen herrlichen Blick von Osten auf die Ruine hatte, aus deren Perspektive sie die Burg noch nie gesehen hatte, war sie der glücklichste Mensch der Welt. Aus dem Bilderbuchpanorama richtete sie nun den Blick auf die nähere Umgebung ihres eigenen Standortes und erschrak. Ihre Augen fokussierten sich direkt auf den Klippeneinschnitt, der ihr die Sicht bis hinunter zur brandenden See erlaubte, nur einen großen Schritt entfernt. Wieder fing der Boden an zu schwanken. Angstschweiß trat ihr auf die Stirn und sie hätte sich am liebsten rückwärts ins Gras fallen lassen und kriechenderweise wieder zum Parkplatz begeben, aber wie ihre Jackenknöpfe schien auch die Erde sie wie einen Magneten anzuziehen. Allein ihr Körper bewegte sich wie eine junge Birke im Wind.

Sie hatte Todesangst und sie fror und außer ihre Arme vor ihrem Oberkörper zu verschränken, um sich etwas zu schützen, konnte sie nichts tun. Sie durfte die Augen nur nicht schließen und sie musste zum Land sehen, nur nicht zum Meer. Wenn sich die Schwankerei beruhigte, konnte sie vielleicht fort von dieser Klippe.

Wegen des Windes, der ihr um die Ohren wehte, konnte sie das Rufen nicht hören und bemerkte ihn erst, als er seine Arme um sie legte und sie festhielt.

»Was machst du denn da?! Lass, das ist ziemlich gefährlich hier. Die Klippen bröckeln. Selbst die Schafe sind schlau genug, nicht so nah an die Kante zu gehen.«

Er zog sie im Rückwärtsgang etwas weiter in die Wiese zurück, drehte sie zu sich um und wollte gerade weiter mit ihr schimpfen, von wegen wie dumm sich die Touristen doch allesamt verhielten, als er merkte, dass sie fast zur Salzsäule erstarrt war.

Es blickte ihm die pure Angst entgegen.

Er verstand nicht, was hier vor sich ging. Hatte die Frau etwa vorgehabt, sich da hinunterzustürzen?

»Es ist noch nicht deine Zeit, Frau«, versuchte er zu ihr durchzukommen. Ihr Gesicht war wie versteinert. Das Fehlen der kleinsten Bewegung verriet ihm, dass nicht ein einziges Wort bei ihr angekommen war. »Hallo, Mädchen, kannst du mich hören? Verstehst du mich, sprichst du meine Sprache?«

Katrinas Augen schlossen sich und ein zittriger Schauer lief durch ihren Körper. Sie konnte frisches Gras und feuchte Wolle riechen, dahinter eine Note Mann, nicht unangenehm, irgendwie zog sie der Duft an, aber dann gingen ihre Sinne auf ihre eigene Reise.

Er spürte instinktiv, dass sie ein Problem hatte, hob sie auf und trug sie in Richtung Parkplatz, als wäre sie federleicht. Dort hatte er den Rolli zwar gesehen, aber wie konnte die Frau laufen, wenn sie eigentlich einen Rollstuhl brauchte? Dass es ihrer sein musste, war insoweit klar, als da niemand anderes war.

»Alles gut. Lass, alles gut. Ich bring dich hier fort. Keine Angst«, murmelte er ihr den ganzen Weg lang zu, um sie weiterhin zu beruhigen und vielleicht auch demnächst mal eine brauchbare Information aus ihr herauszuholen. Wo sollte er sonst mit ihr hin? Doch ihr Körper oder ihr Kopf, wer auch immer die Kontrolle übernommen hatte, halfen ihm auch nicht weiter, als er sie endlich in den Rolli setzen konnte. Bekümmert sah er sich um. Der Wind nahm noch einmal zu und es fing an zu regnen. Es blieb ihm wohl nichts anderes übrig, als sie mit in sein Cottage zu nehmen. Ein heißer Tee und die Wärme am Feuer würden ihr schon wieder die Lebensgeister einhauchen. Er wendete also den Rollstuhl und verließ mit ihr den Parkplatz. Der Weg zu seinem Koben führte hinter dem Ausflugsrestaurant an einem kleinen Tann vorbei. Der Koben schmiegte sich in ein kleines geschütztes Tal. Von der Straße aus hätte man das Häuschen niemals gesehen.

8

Er hob sie aus dem Rolli und öffnete den Schnapper an seiner Haustür mit dem Ellbogen. Leicht geduckt musste er so durch die Tür manövrieren, um nicht noch ihren Kopf am Rahmen anzuschlagen. Sie zitterte und ihre Hosen und Schuhe waren komplett durchnässt. Er trug sie zu einem der Sessel vor dem Kamin und ließ sie vorsichtig ins Polster sinken.

Was mache ich hier bloß?, fragte er sich. Immer diese dummen Touristen. Schottland war kein Land für Leute, die keine Ahnung davon hatten, wie sich das Wetter in Minuten ändern konnte, geschweige denn von den Gefahren, die an den Steilküsten herrschten.

Er konnte sie nicht so klatschnass da sitzen lassen, aber er konnte die Frau doch auch nicht einfach entkleiden. Es könnte übel für ihn enden, wenn sie das falsch verstehen würde und ihn nachher noch anzeigte.

Erst mal feuerte er seinen Kamin wieder richtig an, machte das Wasser in einem Kessel über der Feuerstelle heiß und entzündete einige Kerzen, damit es in dem Zweiraumhaus etwas heller wurde. Die Kate war ein Relikt aus frühen Zeiten, sie hätte in einem Freilichtmuseum stehen können. Keine Elektrik, aber immerhin Glasscheiben in den winzig kleinen Fensterchen. Der zweite Raum war eher ein Stall für die kleine Schafherde, die William sein Eigen nannte und überall im Land grasen ließ, wo die öffentlichen Flächen nicht mit Rasenmähern erreicht werden konnten. Um sich eben wieder mal eine solche Fläche anzusehen und abzuschätzen, wie lange seine Herde wohl dort ernährt werden konnte, hatte er sich die Klippe am Castle ansehen wollen, als er die Frau dort wankend am Klippenrand gesehen hatte.

Er kniete vor seinem Kamin, um mit einem Haken gerade den Kessel wieder herbeizuziehen, weil das Wasser bereits kochte, und gab es mit einer hölzernen Kelle, die an eine Löylykelle in der Sauna erinnerte, in zwei Tonbecher. Der Duft von Kräutern machte sich breit. Katrina regte sich in dem Sessel und William drehte sich, noch immer in der Hocke, zu ihr um.

»Na, da bist du ja wieder, Mädchen. Hier, nimm erst einmal etwas heißen Tee, damit du wieder munter wirst«, sagte er und hielt ihr den Becher hin.

Sie nahm ihn und schnupperte an dem Gebräu. Die Wärme des Bechers taute ihre kalten Hände auf und der Tee brachte auch wieder Wärme in ihren Körper zurück, obwohl sie noch die Jacke anhatte, fror sie. Die nassen Schuhe und Hosen hatten sie von unten her ausgekühlt und sie fühlte sich unwohl in den feuchten Klamotten.

William sah ihr das an, und da er nicht damit rechnete, dass sie von selbst auf die Idee kam, dass es Stunden dauern würde, wenn sie am Leibe trocknen müssten, wies er mit einem Nicken auf ihre Schuhe und bat sie mit einem Blick, sie ihr ausziehen zu dürfen. Katrina verstand und ließ ihn gewähren. Er legte die Schuhe mit der Textilseite auf den Kaminsims und auch die Söckchen folgten, ordentlich nebeneinandergelegt, auf den warmen Stein. Dann zeigte er auf die Hose und auch jetzt hatte Katrina nichts einzuwenden. Sie stand auf, öffnete Knopf und Reißverschluss und ließ die Hose einfach an ihren schlanken Beinen herunterfallen. Er bückte sich, ließ sie, einen Fuß nach dem anderen, aus den Hosenbeinen steigen und achtete darauf, sie nicht mit schnellen Bewegungen zu erschrecken. Die Jacke reichte ihr fast bis zu den Knien und verdeckte ohnehin, was unanständig hätte sein können. Er hängte die Hose über ein

Holzgestell und drehte sie mit der nassen Seite so zum Feuer, dass auch dort genug Wärme zum Trocknen ankommen würde. Dann setzte er sich langsam in einen zweiten Sessel ihr schräg gegenüber und nahm ebenfalls seinen Tee, sah in die Flammen und schwieg. Katrina stand immer noch; er wartete gelassen, bis auch sie sich langsam wieder setzte, und spürte, wie sie ihn ansah.

»Wer sind Sie? Wo bin ich? Wie komme ich hierher?« Ah, dachte er, das ging aber schnell.

Er antwortete mit einer Gegenfrage: »Was wollten Sie an der Klippe? Wollten Sie sich da hinunterstürzen?«

Sie sah ihn an, als hätte er gefragt, ob sie vom Mond käme.

»Wieso sollte ich? Sehe ich lebensmüde aus?« Sie wollte die Frage spitzer stellen, aber irgendwie gelang es ihr nicht, sich aus dieser Seelenruhe aufzumachen, die der Mann, die Kate, das Feuer und vielleicht auch der Tee in ihr erzeugten.

»Aye, ich weiß nicht, wie ich Sie beschreiben soll. Ich kenn ja Ihren normalen Zustand nicht, aber das, was ich an der Klippe von Ihnen gesehen habe, hat mich schon ein wenig alarmiert«, meinte er, ohne von seiner Teetasse aufzusehen.

»Ich kann mich nur an den Spalt vor mir erinnern und an Hände, die mich plötzlich berührten. Mehr weiß ich nicht mehr … Doch, ich weiß noch, dass ich das Gefühl hatte, schon mal an einem Abgrund gestanden zu haben, und vor Panik komplett starr wurde. Nichts gehorchte mir mehr und dann …«, sie überlegte und suchte in ihrem Hirn nach Informationen, aber da war nichts. »Nein, mehr weiß ich nicht … Doch! Ich sah in Ihr Gesicht und dann war so was wie Nacht, glaube ich«, fügte sie an und starrte nicht mehr auf William, sondern auf den Tonbecher in ihrer Hand. Eine Weile herrschte Schweigen, dann hob sie den Kopf, sah William wieder an und sagte: »Hören Sie, es tut mir leid und es ist mir peinlich, alles ist mir schrecklich unangenehm. Bitte helfen Sie mir wieder in meine Sachen und ich verschwinde.«

Sie wollte gerade aus dem Sessel hoch, als William ihr mit

seiner Hand auf dem Arm zu verstehen gab, dass sie sitzen bleiben möge. Sie sackte zurück und nun sah William sie an.

»Ich bin William Duff. Sie sind in meinem Koben, ganz in der Nähe des Castles, und da ich Sie ja nun anscheinend vor diesem Sturz bewahrte und es anfing zu regnen und Sie außerstande waren, mir Auskunft zu geben, fand ich es angebracht, Sie erst einmal in geschütztere Gefilde zu bringen.«

Die Erklärung ließ er kurz wirken.

»Es tut mir leid, dass mein Anblick Sie erschreckt hat«, fuhr er fort. »Ich war mir dieser Wirkung bis zum heutigen Tage nicht bewusst.« Er musste leicht grinsen und sah auch in ihrem Gesicht den Anflug eines Lächelns.

»Es regnet immer noch wie aus Eimern und ich besitze kein Auto, sodass wir, denke ich, noch ein bisschen ausharren müssen, bis ich Sie zurückbringe. Das heißt«, er sah sie fragend an, »wenn Sie wissen, wohin.«

»Aber ja. Ich bin für zwei Wochen bei Mary Finnegan kurz vor Stonehaven einquartiert. Kennen Sie Mary?«

»Aye, Mary, das ist gut«, murmelte er.

Wie spät war es überhaupt?, schoss es Katrina durch den Kopf. »Ich sollte ihr kurz Bescheid sagen, dass ich aufgehalten worden bin, damit sie sich keine Sorgen macht. Äh, wo ist denn das Telefon?«

William sah sie nun wirklich an, als wäre sie vom Mond, und wies mit ausgestrecktem Arm halbkreisförmig in den Raum.

Jetzt erst nahm sie wirklich wahr, dass dieses Häuschen nichts mit der Welt da draußen zu tun hatte. Es war zwar ordentlich aufgeräumt, aber offensichtlich älter als alt. Sie fragte William danach.

»Oh, ich würde sagen, das Cottage ist so ungefähr zweihundertfünfzig Jahre alt, eher noch älter.«

»Also gut. Wissen wir denn die Uhrzeit? Wenigstens so ungefähr?« Sie sah ihn an und hoffte, es sei noch nicht so spät, dass Mary schon Polizei und Feuerwehr mit der Suche beauftragt hatte.

»Leider kann ich nicht genau sehen, wie der Sonnenverlauf

heute ist, aber ich würde es mal auf drei Uhr nachmittags schätzen«, antwortete er mit einem Blick aus einem der kleinen Fensterchen.

»Mist, Mist, Mist.« Katrina stand wieder auf, nahm ihre zwar noch leicht feuchten, aber wenigstens warmen Söckchen und Schuhe vom Kamin und zog auch ihre Hose vom Holzgestell herunter. Dann setzte sie sich wieder in den Sessel und fing an, sich anzuziehen

»Was wird das denn, wenn es fertig ist?«, fragte William. »Sie können noch nicht heim. Das schaffen Sie nicht mit dem Ding da, das draußen vor der Tür steht. Mittlerweile wird der Boden selbst auf dem Zuweg matschig sein.«

»Mary wird wer weiß wen losschicken, um mich zu suchen. Sie weiß doch, dass ich krank bin.« Das war ihr herausgerutscht, und sie hätte sich auf die Zunge beißen können. »Sie wird mich suchen lassen«, wiederholte sie.

»Ich geh zu John. Der hat das Ausflugslokal an der Hauptstraße. Der kann Mary anrufen. Sie bleiben hier.« Damit hatte sich William seinen gewalkten Hirtenmantel übergehängt, war in seine Stiefel geschlüpft und durch die niedrige Tür verschwunden.

Katrina hängte die Hose wieder über das Gestell und die Söckchen daneben. Die Schuhe stellte sie wieder in die Wärme des Feuers, mit gerade so viel Abstand, dass die Gummisohlen keinen Schaden nehmen konnten. Dann legte sie noch zwei Scheite Holz nach und sah sich ein wenig um.

Dieses kleine Häuschen war kuschelig, auch wenn es ärmlich für die heutigen Ansprüche sein mochte. Es gab nichts, was das einundzwanzigste Jahrhundert auch nur ansatzweise verraten hätte.

Es gab einen Holztisch, grob gezimmert, aber stark abgenutzt und dadurch aller Grate entledigt, genauso wie die zwei Stühle, die ordentlich davorstanden. An der Wand gegenüber dem Kamin, in der eine Tür in einen zweiten Raum zu führen schien, stand eine Art Schrankbett, das ebenso alt aussah, aber durchaus einen stabilen Eindruck machte. Allerdings hatte es eine nicht ganz zeitgemäße Größe und hätte eher in eine Puppenstube gepasst. Fließendes Wasser war genauso wenig auszumachen wie eine Toilette, und jetzt, als sie daran dachte, wurde ihr bewusst, dass sie gerade diese in näherer Zukunft würde aufsuchen müssen.

Eine gefühlte Ewigkeit später, die vermutlich eine halbe Stunde Echtzeit in Anspruch genommen hatte, kam William wie ein nasser Pudel zurück. Er zog noch beim Hereinkommen die Stiefel aus, stellte sie an die Seite des Kamins auf eine Art Tablett aus Holz und hängte seinen Mantel auf einen langen Holznagel, der aus der gekälkten Wand hervorlugte.

Er schüttelte sich das Wasser aus dem Haar und erst jetzt bemerkte Katrina, dass er die ganze Zeit einen Zopf getragen haben musste. Sie gewahrte seine lockige, schwarze Mähne mit dünnen Silberfäden, die sein wettergegerbtes Gesicht nun weicher machte, und sah sich ihr Gegenüber genauer an. Er war groß, bestimmt einen Kopf größer als sie selbst und sah kräftig aus, obwohl er bestimmt nicht jünger war als sie. Seine Augen waren stahlblau, von kräftigen, langen schwarzen Wimpern umrahmt. Bestimmt war er mal ein wirklich schöner Mann, dachte Katrina, als sie bemerkte, dass er sie gerade etwas gefragt hatte.

»Entschuldigen Sie, ich war wohl in Gedanken«, sagte sie ein wenig verlegen.

»Ich hatte gefragt, wie Sie heißen. Ich konnte John nur bitten, dass er Mary Bescheid gibt, dass die Dame, die bei ihr wohnt, bei mir ist und sie keine Suchhunde losschicken muss. Aber ich wusste nicht, wie Sie heißen … Nicht, dass mich nicht ohnehin schon alle für einen Sonderling halten, aber na ja …«
Er winkte ab und behielt den Rest für sich.

»Ich bin Katrina Bruis und komme aus Bielefeld, Deutschland. Tut mir leid, ich war, glaube ich, ein wenig durcheinander vorhin, als Sie sich vorgestellt haben.«

»Also gut Katrina, dann wollen wir mal sehen, was wir so auf den Tisch bringen können. Sie haben doch Hunger, oder?«, sah er sie mit hochgezogenen Brauen an.

»Äh, ja, aber Sie müssen sich meinetwegen keine Umstände

machen, ich ähm … ich habe da im Moment ein ganz anderes Problem. Wo kann ich denn mal für kleine Mädchen?«

»Oh Mann, daran hatte ich gar nicht gedacht, Entschuldigung. Also, die Sache ist die, nebenan ist der Schafstall und da ist ein Abort, was anderes kann ich Ihnen nicht anbieten. Warten Sie einen Moment, ich mach da mal eine Laterne an, damit Sie in dem Dunkel nicht stürzen.« Und schon eilte er mit einer Kerze bewaffnet durch die Tür in den Nebenraum, der also ein Schafstall war, und erhellte die dreihundert Jahre alte Nasszelle.

So ein bisschen kam sich Katrina wie in einem Film vor, dessen Drehbuch sie nicht kannte. Wäre schön gewesen, wenn sie eines gehabt hätte, da sie anscheinend schon eine Hauptrolle spielen sollte.

William kam zur Stalltür, winkte ihr zu kommen und zeigte ihr, wo sie sich erleichtern konnte.

Alles gut, das kannte sie aus der Kindheit vom benachbarten Bauernhof, eine Art Plumpsklo und, äh was war das jetzt? Maislaub oder keine Ahnung was, anstelle von Toilettenpapier. Beim Aufstehen hätte sie sich beinahe den Kopf an einem Balken gestoßen, war Gott sei Dank nicht ins Wanken geraten und hatte die Stalltür wieder erreicht, um in den Wohnraum zu treten. Sie sah William am Kamin stehen. Er starrte in die Flammen, genauso, wie sie es gerne tat. Er hatte eine lederne dunkle Hose an, der grob gestrickte Wollpullover, oder war es eher eine Art Hemd, hing lässig darüber, und an den Füßen hatte er dicke Wollsocken. Wie sollte es auch anders sein, wenn man Schafe hatte? Sein breites Kreuz suggerierte Kraft und seine schmale Taille mündete in die Lederhose, die nicht verheimlichte, dass dort kräftige, lange Beine eingehüllt waren.

Die Tür konnte sie nicht lautlos wieder schließen, sodass William sich zu ihr umdrehte und lächelnd fragte, ob sie trotz der Einfachheit des Seins zurechtgekommen sei.

»Darf ich Sie, oder darf ich dich«, dabei hob sie fragend die Brauen, »mal was fragen?«

»Aye«, antwortete er und setzte gleich hinterher: »Und du kannst gern *du* zu mir sagen, ich bin William … *Will*, okay?«

»Sehr gern, Will«, freute sie sich wie über einen Etappensieg, da sie im Innersten die Engländer immer schon um die Einfachheit des *you* beneidet hatte. »Ist das Leben hier eigentlich eine Testphase, probierst du aus, ob ein Mensch aus unserer Zeit noch so leben kann, oder ist das ein *Dauerzustand*?« Im gleichen Moment hätte sie sich für diesen Ausdruck die Zunge abbeißen können.

»Nein, ich lebe schon mein ganzes Leben so und ich will nichts anderes.«

»Ich wollte dir nicht zu nahe treten. Entschuldige bitte, Will.« Ihr war die Schärfe in seiner Antwort keinesfalls entgangen und sie wusste ja nicht, wie lange sie auf die Gastfreundschaft dieses … tja, wie sollte sie ihn nennen? Er war kein Möchtegern-Highlander, er war ein waschechter Highlander wie aus dem Bilderbuch.

Sie hatte schon früher mal mit ihrem Ehemann eine scharfe Diskussion darüber geführt, in der sie behauptet hatte, dass es *den Highlander* wegen der intensiven Vermischung mit Engländern, Franzosen und so weiter und der Zeit der Clearance, bei der Schottland fast von den Einheimischen völlig ausgeräumt worden war, doch gar nicht mehr geben könne.

Aber augenscheinlich stand einer vor ihr. Sie musste sich ein kurzes Grinsen verkneifen, drehte den Kopf weg, damit William es nicht sah, und beendete ihren Ausflug in die kleinen Dispute ihrer Vergangenheit mit der Einsicht, dass diese Diskussion wohl hier und heute nicht zu Ende gebracht werden sollte.

Will holte Brot, Käse und etwas, das aussah wie eine Wurst, aus dem schließbaren Bord, unter dem sich noch ein offenes Bord mit Holztellern, Tonbechern und Holzschälchen befand. Er wies Katrina an, die Teller doch schon mit zum Tisch zu bringen. Butter und ein wenig Honig vervollständigten das Mahl. In Ermangelung eines zweiten Hirschfängers, den man in den Highlands *skian dubh* nannte, sorgte William allein für die Herstellung der Brote.

Es war ein herrlich einfaches Essen. Sie genossen Tee zu der Mahlzeit, jeder mit seinen eigenen Gedanken beschäftigt.

William war der Erste, der aus der schweigsamen Versenkung auftauchte, und fragte: »Du hattest vorhin was von Krankheit gesagt. Erzählst du mir davon, oder lieber nicht?«

»Eigentlich mag ich nicht darüber reden, jedenfalls nicht als Krankheit. Es ist nicht ansteckend. Sieh es als Zustandsveränderung.« Sie sah ihm direkt in die Augen und fragte: »Kannst du vorerst damit leben?«

Sie ging im Leben nicht davon aus, dass sie ihn zukünftig würde aufklären müssen.

»Nein, eigentlich nicht«, gab er zurück, »aber das muss ich dann wohl, oder? – Warum bist du in Schottland? Es gibt doch bestimmt heimeligere Orte und wärmere Länder«, dabei zeigte er zum Fenster und meinte das immer noch regnerische, windige Wetter draußen, »als dies hier.«

»Das stimmt wohl und ich habe auch schon einige Ecken der Welt gesehen, aber seit ich das erste Mal einen Fuß auf diesen Boden gesetzt habe«, sie suchte nach einem passenden Ausdruck und ergänzte mit einem seligen Blick in ihren Augen: »… habe ich mich gefühlt, als wäre ich nach Hause gekommen.« Sie sah zu ihm auf und fragte: »Ist dir das auch schon mal passiert?«

Lange sah er in ihr Gesicht, ein ebenmäßiges, fast blasses Gesicht mit blaugrauen Augen, kleinen Lachfältchen in den Augenwinkeln und geschwungenen, dunkelbraunen Wimpern. Die schmale Nase beschrieb einen kaum sichtbaren Bogen nach unten, was ihr einen kecken Ausdruck verlieh. Ihre Lippen waren einmal voller gewesen, konnte er sehen, aber sie hatten einen schönen Schwung und waren von einer zarten, roten Farbe, als hätte man in Blut einen Schuss Sahne gegeben und umgerührt.

»Aye, ich denke, so ein Gefühl kenne ich, auch wenn ich schon immer hier war«, murmelte er vor sich hin. »Es ist, glaube ich, das gleiche Gefühl, wie wenn man nicht fortwill.«

Sie nickte und setzte ihre Erklärung fort: »Seit diesem Moment musste ich immer wieder herkommen und ich glaube, das geht schon seit zwanzig Jahren so. Mein Mann hat mich immer begleitet und bestimmt einige Male die Zähne zusammengebissen. Ich glaube, er wäre gern auch woanders hin in Urlaub gefahren.« Sie machte eine kurze Pause, senkte den Blick, der so langsam anfing feucht zu werden, auf ihren Holzteller und sprach mit leicht gebrochener Stimme weiter: »Er ist vor einem Jahr bei einem Unfall ums Leben gekommen.« Nach einer erneuten kleinen Pause sah sie wieder auf und William konnte sehen, wie nahe es ihr ging, davon zu sprechen.

»Nun bin ich alleine hier. So ist das eben.« Sie biss wieder auf ihre Unterlippe, was sie immer tat, wenn sie sich unsicher fühlte.

»Aye, das bist du wohl.« William räusperte sich, und er stand auf und wies auf den Tisch. »Möchtest du noch irgendwas? Tee vielleicht?«

»Nein, wirklich nicht. Vielleicht sollte ich jetzt auch so langsam aufbrechen, der Regen hat wohl nachgelassen und wenn du mich bis zur Hauptstraße begleitest, schaffe ich den Rest mit dem Rolli ganz leicht alleine.« Sie stand ebenfalls auf, besorgte sich nun endgültig ihre getrockneten Sachen vom Kamin und zog sich im Sitzen an.

William hatte ihre Gegenwart als sehr angenehm empfunden und bedauerte ein bisschen, dass es anfing zu dämmern. »Okay, ich begleite dich ein Stück, muss ohnehin nach den Tieren sehen und noch frisches Streu in den Stall bringen.«

»Herrje, ich bin aber auch eine egoistische Kuh, jetzt habe ich dich schon den ganzen Nachmittag von deinen Pflichten abgehalten. Ich hoffe, du verzeihst.« Für die Hose musste sie aufstehen, um sie hochzuziehen und zu schließen, und sah ihn reumütig an.

»Kein Problem, bei dem Wetter kann man sowieso nicht viel machen«, meinte er beiläufig. »Kleine Reparaturarbeiten, die man im Haus erledigen kann, oder so was eben.«

Auch William streifte sich wieder seinen wetterfesten Hirtenmantel über und schlüpfte in seine Stiefel.

Der Rollstuhl hatte zwar nah am Häuschen gestanden, war aber dennoch anständig dem Regen ausgesetzt gewesen. Katrina setzte sich hinein und musste kurz die Zähne zusammenbeißen, als das abgekühlte Wasser durch den Stoff ihrer Hose drang.

William war automatisch hinter den Rolli getreten und wartete auf ein Zeichen, dass es losgehen konnte. Er schob sie den kleinen Abhang zum Zuweg hinauf und behielt auch auf der geraden Strecke die Hände am Rollstuhl, bis sie in die Nähe des Ausflugslokals kamen.

Sie hatten den ganzen Weg geschwiegen, jeder in seine eigenen Gedanken vertieft.

»Katrina«, fragte er leise, »wenn du gleich die Ruine siehst, sagst du mir dann, was du fühlst?«

Katrina drehte sich in ihrem Rollstuhl ein wenig, damit sie ihn ansehen konnte. Mit neugierigem, fragendem Blick sah sie zu ihm auf. »Ja, aber auf was soll ich achten? Ich war hier schon so oft, ich glaube nicht, dass es heute eine Unterschied macht.«

»War nur so eine Idee«, gab er mit leichter Enttäuschung in der Stimme zurück, »ist nicht so wichtig.«

Sie kamen aus dem Sichtschatten des Restaurants und da lag sie; dunkel zeichnete sich die Silhouette vor dem Bäckerhimmel ab. Auch das saftige Gras davor hatte nicht mehr die satte grüne Farbe, eher etwas Oliv-Graues. Es war ihr eigentlich wie immer. Sie war überwältigt, wie viele Facetten sich ihr bei dieser Burg schon gezeigt hatten. Würde sie noch malen, hätte sie bereits tausend Bilder von ein und derselben Stelle malen können, ohne dass sich auch nur eines geähnelt hätte.

»Will«, drehte sie sich wieder zu ihm um, nachdem sie den Eindruck in sich aufgenommen hatte, »es ist wie immer und immer wieder anders. Sieh sie dir an. Siehst du, wie sie ihre Form nie verändert, wohl aber ihren Eindruck? Schon allein durch die Farben des jeweiligen Lichtes ist sie anders, aber immer noch gleich, wenn du verstehst, was ich sagen will.« Sie setzte sich wieder so in den Stuhl, dass sie die Burg ansehen konnte. »Immer wenn ich sie erblicke, freue ich mich, sie zu sehen, wie eine alte Bekannte oder lange nicht gesehene Familienmitglieder … wenn ich die denn hätte. – Ach, ich werde sentimental. Es wird spät, Will. Wenn ich Gas gebe, komme ich vielleicht noch im Dämmerlicht bei Mary an. Von hier aus schaff ich es allein. Vielen Dank für deine Hilfe.«

»Kein Problem.« Er ließ die Hände sinken, und weil er nicht

so genau wusste, wohin damit, steckte er sie in die Manteltaschen. »Sehen wir uns noch einmal? Ich bin die nächste Zeit drüben auf der Klippe, du weißt«, er wies mit seinem dem in Richtung Cottage, »die Schafe«, schob er als Erläuterung hinterher.

»Ja, bestimmt. Bestimmt komme ich noch oft hierher.«

Mit der rechten Hand am Joystick betätigte sie die Elektrik und der Rollstuhl fuhr mit Zauberhand an. Sie hob die linke Hand und winkte William zum Abschied zu. Er sah ihr noch eine Weile hinterher, drehte sich um und wanderte zum Koben zurück.

9

In der Nacht wachte William immer wieder auf und eigenartige Gedanken gingen ihm durch den Kopf, bevor er wieder einnickte, um wenig später erneut aufzuwachen. Das ging so lange, bis es keinen Sinn mehr machte, im Bett zu bleiben. Aber es war noch dunkel draußen, viel zu früh für das Vieh. Unentschlossen wanderte er durch den Wohnraum, schaute hierhin und dorthin, nahm den einen oder anderen Gegenstand hoch, bis er sich entschloss, dass ein kleiner Whisky vielleicht helfen konnte. Er nahm eine Flasche aus dem Vorratsschrank, schenkte sich großzügig in seinen Tonbecher ein, setzte sich in seinen Sessel vor dem Kamin und legte einen Scheit in die Glut.

Was war das?, fragte er sich. Wieso konnte er nicht schlafen, weil er an die Frau denken musste? Sonst waren ihm Frauen auch egal. Es gab sie und damit basta. Manche waren nett und manche sollte es am besten gar nicht geben. Er hatte bereits viel zu lange auf die eine gewartet. Sie war bis jetzt nicht gekommen. Also musste er das wohl so sehen, und sei es aus reinem Selbstschutz.

Aber diese hier, warum interessierte sie ihn? Er musste sogar zugeben, dass ihm der Nachmittag gefallen hatte.

Er genoss den Whisky in kleinen Schlucken, legte noch einen Scheit ins Feuer, zog den anderen Sessel näher, um seine langen Beine darauf zu legen und sah in die Flammen. Nach einer Weile schlief er dann doch ein und kein Gedanke riss ihn mehr aus der wohlverdienten Ruhe.

Er wachte durch das Blöken seiner Schafe auf, was in seinem Leben noch nie geschehen war. Immer war er vor den Tieren wach gewesen.

Er schob seine Verspätung auf die verkürzte Nacht und beeilte sich, zu seinen Tieren zu kommen.

10

Katrina hatte das B&B erreicht und wurde bereits sehnsüchtig von Mary erwartet. Ab sofort habe sie gefälligst das Mobiltelefon dabei zu haben, damit man Bescheid wisse, man mache sich ja schließlich Sorgen. Als sie nach einer angemessenen Zeit mit ihrem Vortrag fertig war, schlug Mary einen eher neugierigen Ton an.

»So, so. William hat dir Unterschlupf gewährt. Wie kam der denn dahin?«

»Hä?« Katrina sah Mary entgeistert an. »Na, der wohnt doch gar nicht weit von dort entfernt. Das weißt du doch bestimmt.«

»Nein, ein William wohnt gar nicht dort in der Nähe, darum frage ich ja«, antwortete Mary schnippisch.

»Glaubst du, ich lüge dich an? Ich habe zwar den Hinweg nicht mitbekommen, weil ich da einen Blackout hatte. Zurück vom Koben zur Hauptstraße war ich durchaus bei mir und weiß, dass wir höchstens zehn Minuten mit dem Rolli unterwegs waren, bis wir zum Ausflugslokal kamen.«

»Katrina, in der alten Kate wohnt keiner. Die steht leer, solange ich denken kann«, blaffte Mary sie an.

»Okay. Wie lange warst du nicht mehr dort, oder wann warst du überhaupt dort?«

»Ich muss zugeben, dass ich bestimmt einige Jahrzehnte nicht da vorbeigekommen bin, habe auch zum Spazierengehen wenig Zeit, aber sie war schon früher halb verfallen. Was soll da sein?«

»Mary, glaub es oder lass es. William hat mit mir dort den Nachmittag verbracht, hat sich außerordentlich wohlerzogen um mich gekümmert, dir Nachricht geben lassen, dass ich wohlauf bin, und mich nach dem Regen wieder auf den Heimweg gebracht.«

»Was für eine Nachricht?«, fragte Mary, die sich in Richtung Anrichte begeben hatte und Katrina mit einem Blick gefragt hatte, ob sie auch einen Whisky haben wollte. Sie drehte sich unverzüglich um, die Flasche noch verschlossen in der Hand. »Ich habe keine Nachricht bekommen, Katrina.«

»Aber Will war doch im Regen zum Ausflugslokal gelaufen und hatte den Wirt gebeten, bei dir anzurufen, damit du nicht die Polizei rufst, weil ich so lange verschwunden war.«

»Ich weiß ja nicht, was da mit dir passiert ist, aber das Lokal ist seit Johns Tod im letzten Herbst geschlossen und dort lebt auch niemand«, sagte Mary. Sie reichte Katrina das Glas und fügte seelenruhig hinzu: »Und ich kenne keinen William.«

Katrina sah sie ungläubig an. Sie kannte Mary schon eine halbe Ewigkeit, wenn zwanzig Jahre für eine solche gehalten werden konnte. Sie starrte in den Whisky, der die Farbe hellen Bernsteins hatte und kein bisschen torfig roch. Mary kannte sie gut, sie hatte den Glen Moray für sie gewählt, einen leichten Whiskey, der in Elgin destilliert wurde und nicht in Barrique-Fässern, die von schweren Rotweinen aromatisiert waren, sondern in Chardonnay-Fässern gelagert wurde.

»Ich denke, du solltest mir erzählen, was heute geschehen ist. Und zwar von Anfang an, in Ordnung?«

Mary setzte sich ihr gegenüber in das Sofa des hübschen kleinen Salons und sah Katrina durchdringend an.

»Mary, wie lange kennen wir uns schon?«, fing Katrina an. »Denkst du ich werde verrückt?« Sie war traurig, dass Mary ihr diesen schönen Tag so vermieste, aber sie war auch unsicher, ob mittlerweile auch mit ihrem Kopf etwas nicht stimmte. Klar, der Kopf war der Herd ihrer Krankheit, aber ihr Großhirn war völlig gesund. Das Kleinhirn hatte die Macke. Ihr Verstand war immer noch vollkommen in Takt. Ihr Magen fühlte sich an, als hätte sie einen riesigen Kieselstein verschluckt. »Niemand kann sich das alles ausdenken und schon gar nicht, wenn er diese Ortskenntnisse nicht hat. Ich bin nicht irre«, fuhr sie Mary an.

»Das habe ich auch nicht gesagt«, versuchte Mary sie zu beschwichtigen. »Ich möchte doch nur, dass du mir erzählst, was sich zugetragen hat. So genau, wie du dich erinnern kannst.«

Katrina dachte kurz nach. »Okay. Ich stand also mit meinem Rolli auf dem Parkplatz. Mir war klar, dass ich ohne Hilfe nicht zur Burg stiefeln konnte, da sah ich den kleinen Trampelpfad, der auf die Klippe führte, von wo man ebenfalls einen tollen Blick auf die Ruine hat. Ich bin nicht mehr so gut beim Laufen in unebenem Gelände und bei weiten Wegen, sonst bräuchte ich ja den blöden Rollstuhl nicht, aber es hing mir an, näher an die Burg zu kommen. Also ließ ich den Rolli dort stehen und wankte los. Ich hatte mich so auf den Pfad konzentriert, dass ich erst im letzten Moment bemerkte, dass ich knapp an einem Klippeneinschnitt stand. Ich war starr vor Angst und dann fing mein Körper unweigerlich an zu wanken. Ich begann die Orientierung zu verlieren und ein Sturz wäre wohl das übliche Ende einer solchen Episode gewesen. Ich spürte noch, wie mich jemand festhielt, von der Klippe wegzog und zu sich umdrehte – ab da habe ich einen Filmriss«, beendete Katrina den ersten Teil ihres Vortrages. Sie nippte an dem köstlichen Lebenswasser in ihrer Hand und spürte, wie es wärmend bis in ihren Magen rann, der sich allmählich zu entkrampfen schien.

»Er muss mich zu dem Rollstuhl getragen haben und in dem kleinen Cottage ist der Vorhang wieder aufgegangen. William hat mir Tee gemacht, mich vor das warme Kaminfeuer gesetzt, meine nassen Sachen ausgezogen und getrocknet. Wir haben uns unterhalten und er hat mir, als er von John zurückkam, den es anscheinend nicht mehr gab, etwas zu essen gegeben. Später hat er mich zur Hauptstraße gebracht und gefragt, ob wir uns wiedersehen. Mehr war da nicht.«

»Du hast dir also nirgendwo den Kopf angeschlagen? Nein«,

gab Mary sich selbst die Antwort. Ihr Gegenüber hatte nicht eine Schramme oder Blut in dem blonden Haar, doch die irritierte, fast angriffslustige Miene von Katrina bemerkte sie augenblicklich und fragte beschwichtigend: »Diese Krankheit, die du hast, macht die, dass man Trugbilder hat, oder wie muss ich mir die vorstellen?«

Katrina trank den kleinen Rest in ihrem Glas aus, erhob sich und sagte müde: »Es reicht, dass ich mit dieser Zustandsveränderung leben muss. Wenn ich mal den Drang verspüre, darüber zu reden, werde ich es tun, aber für heute habe ich genug. Ich gehe schlafen. Gute Nacht, Mary.«

Damit verschwand sie aus dem Salon und stieg die mit lindgrünem Teppichboden bespannte Holztreppe hoch, sah die grün gemusterte Tapete und dachte plötzlich: War der Treppenflur aus meinem Traum dieser hier und gar nicht der, für den ich ihn bisher gehalten hatte? Sie hatte die Information doch in einer ganz weit hinten im Gedächtnis verstauten Schublade zum Vergessen abgeschlossen.

Sie war definitiv überfordert mit der eiligen Revision, Sortierung und Analyse des Geschehenen. Das müsste Zeit haben, dachte sie bei sich. Heiß duschen und dann ausgiebig schlafen, danach stand ihr der Sinn. Für alles andere wäre sie morgen wieder offen.

11

Katrina träumte. Sie hatte schon lange keine schlimmen Träume mehr von irgendwelchen Abstürzen gehabt, aber in der Nacht träumte sie und schreckte schweißgebadet auf. Sie konnte nicht sofort einordnen, wo sie war, bis sie erkannte, dass sie sich in Marys Pension befand. Sie knipste das Nachttischlämpchen an und blieb ein Weilchen aufrecht im Bett sitzen.

Sie fragte sich, warum gerade jetzt? Aber klar, sie hatte ausgerechnet am Tag dieses Erlebnis an der Klippe, das sie nicht sofort verstanden hatte. Wieso hatte sie diese Panikattacke an der Klippe? Höhenangst, nun gut. Von allein wäre sie wohl nie auf die Idee gekommen, dass sie auf etwas hätte klettern müssen, das höher war als ein ohne Leiter aberntbarer Apfelbaum, aber eigentlich hatte sie nie das Gefühl gehabt, dass ihr Höhe etwas ausmachte.

Das Meer war da etwas anderes. Sie hatte höllische Angst vor Fischen, die größer werden konnten, als sie selbst war, und womöglich noch zur fleischfressenden Sorte gehörten. Schwimmen konnte sie gut, das wäre nicht das Problem, allerdings die Dunkelheit und was alles aus dieser kommen konnte, war für sie der absolute Graus. Außerdem hatte sie gar kein Interesse daran, in kalten Gewässern mit einem Nichts herumzuschwimmen und sich irgendetwas abzufrieren.

Kleinere Bäche, in denen man seine heiß gewanderten Füße abkühlte, das war ihrer Ansicht nach eine Wohltat, nicht jedoch ohne anschließend gut getrocknet wieder in saubere Socken zu schlüpfen.

Auch mit fremden Menschen mitzugehen und sich dabei nicht einmal direkt unwohl zu fühlen war eine neue Geschichte für sie. Sah man mal davon ab, dass sie an dem vergangenen Tag gar nicht mal so die große Wahl hatte, da sie zeitweise anscheinend weggetreten war, hatte sie die Gesellschaft dieses fremden Mannes ohne Argwohn genossen. Sie sollte sich schämen. Nahezu sechzig Jahre alt und neugierig wie eine Sechzehnjährige – und tja, was war das für ein Gefühl? Abenteuer, Sehnsucht, Einsamkeit? Sie wusste es nicht. Sie würde das sacken lassen müssen, um es zu verstehen.

Dann fiel ihr aber noch etwas anderes aus dem Traum ein. Da waren zwei Männer in Tracht gewesen, Highlander. Sie warteten auf sie. Sie hatte undeutliche Gesichter gesehen, aber beide hatten schwarzes, langes Haar, daran konnte sie sich erinnern. Aber sie konnte sich jetzt darauf keinen Reim machen, was das nun bedeuten sollte, also verwarf sie weitere Überlegungen dazu.

Während sie so in ihrem warmen Bett saß und nicht so richtig den Dreh bekam, sich wieder zum Schlafen zu begeben, überlegte sie, wie lange es her war, dass sie so viel am Stück über sich nachgedacht hatte. Sie hatte immer nachgedacht, über ihren Ziehsohn, ihre Männer, ihre Arbeit, eben über alles, außer über sich selbst. Nun war sie definitiv allein und konnte sich die Zeit nehmen. Es kamen nicht immer alle anderen an erster Stelle. Seit Daniels Tod war sie sich wichtig oder sollte es sich zumindest sein.

12

Als Katrina erwachte, war es schon später Vormittag. Sie fühlte sich wie vom Bus überfahren und hätte den Tag am liebsten gar nicht begonnen.

Sie schaute die Zimmerseite an, die sich ihr darbot, und beglückwünschte Mary für ihren guten Geschmack. Das Zimmer war modern eingerichtet, hatte aber seine durchaus plüschigen Akzente, sodass man schon merkte, dass man in Großbritannien war. Aber Mary hatte darauf geachtet, nichts zu überladen.

Den absoluten Clou jedoch hatte sie abgeschossen, indem sie einen deutschen Installateur mit den Bädern beauftragt hatte, der die für sie gewohnte Technik auf die Insel gebracht hatte und sein Handwerk verstand. Zentrale Wasserversorgung mit Zirkulationsleitung, damit man nicht stundenlang auf Warmwasser warten oder mit einem Minidurchlauferhitzer an der Duschstange kämpfen musste.

Mary hatte sich wohl anscheinend bei dem jahrelangen Aufenthalt in Deutschland, der der Militärzeit ihres lieben Brian, Gott hab in selig, geschuldet war, an die Ausstattung gewöhnt und wollte bei den Umbauten keine Kompromisse. Alles musste perfekt sein.

Und vermutlich war das auch ein Grund, warum Katrina so gern herkam. Es war nicht provisorisch, es war wirklich gut.

Daniel und Katrina hatten Brian und Mary bei einem Fernreiseurlaub auf Sansibar kennen gelernt und festgestellt, dass sie in der gleichen Stadt lebten. Brian war zwar öfter versetzt worden, aber die letzte Station war Bielefeld gewesen. So hatte man sich angefreundet und auch später noch diese lockere Freundschaft beim Essengehen oder bei privaten Besuchen gepflegt.

Als die beiden nach der Auflösung eines der englischen Regimenter in Bielefeld in die Heimat zurückgingen, sprachen sie davon, in Schottland ein geerbtes Haus zu beziehen, und luden Daniel und Katrina herzlichst ein, sie dort zu besuchen.

Das taten sie dann auch und ein Jahr später war Brian innerhalb kürzester Zeit an Bauchspeicheldrüsenkrebs gestorben.

Mary hatte lange getrauert, obwohl sie daran gewöhnt war, dass Brian auf vielen Auslandseinsätzen häufig monatelang fort war. Sie brauchte lange, bis sie sich mit dem Gedanken anfreunden konnte, dass dieser Aufenthalt für ewig war.

Nach einem weiteren Jahr war sie aufgestanden, hatte die Finanzen überprüft und war zur Tat geschritten. Das Haus musste ohnehin saniert werden und sie machte Nägel mit Köpfen und richtete eine schnuckelige Pension ein.

»Irgendwas muss ich in Zukunft machen und von irgendwas muss ich leben«, hatte sie gesagt und war sehr mutig durchgestartet.

Aber die Besucherzahlen gaben ihr recht und viele kamen mehr als einmal in ihr Haus, um dort ein oder zwei Nächte zu verbringen.

Die B&B-Betreiber wissen, dass die Leute meistens auf der Durchreise oder für kurze Zeit blieben, um die Region touristisch abzugrasen und dann weiterzuziehen. Schottland war das Land der Schlösser, Burgen, Ruinen und des Whiskys. Die Landschaften waren atemberaubend und so abwechslungsreich, wie es wohl selten auf der Welt der Fall war. Das Allergrößte war für Katrina aber immer das Völkchen, das dort lebte. Freundlich, offen, hilfsbereit, und sollte man mal an jemanden anderer Meinung geraten, so konnte man sicher sein, dass der Feind von vorne kam und nicht von hinten durch die Brust ins Auge. Die Sprache war nicht wirklich ein Problem, denn wenn gewahrt wurde, dass man Ausländer war, dann gaben sie sich extra Mühe, dass man sie verstand. Deutsche waren immer gern gesehene Gäste.

13

Katrina raffte sich auf und ging ausgiebig duschen, zog sich an und stieg mit der bewährten Zwei-Hand-Technik die Treppe hinab.

Sie würde mit Mary ein Gespräch führen, damit alles zwischen ihnen geklärt war und ihre Freundschaft nicht unter Geheimnissen litt. Sie wollte die schottische Frau gern als Verbündete behalten, denn so viele Freunde hatte sie nicht, als dass sie sie einfach so aus dem Leben tilgen konnte. Außerdem wollte sie wieder herkommen können, ohne dass etwas zwischen ihnen stand.

Sie traf Mary in der Küche an, wo sie fast schon alles vom Frühstück wieder in Ordnung gebracht hatte.

»Hallo Mary«, begrüßte sie die Freundin und hoffte, dass ihr kein schmollendes Frauenzimmer entgegensah.

»Hi, Katrina, du bist aber spät dran heute. Hast du noch Hunger? Dann mach ich dir schnell noch was zurecht. Ich hatte einiges übrig vom Morgen, allerdings ist kein Porridge mehr da.«

Mary war über das Gespräch vom Vorabend anscheinend nicht wirklich böse und sprach in ihrem üblichen, aufgeschlossenen Singsang mit Katrina. Das war gut. Nein, nachtragend hatte sie Mary auch noch nie erlebt. So konnte sie ihre Sorgen wohl aufrichtig mit ihr teilen.

»Gern, ich nehme das, was du sonst wegwerfen musst. Ganz egal. Und dann möchte ich mich erst mal bei dir entschuldigen. Ich war gestern ein bisschen brüsk zu dir. Das wollte ich nicht.«

»Ah, mach dir darüber mal keine Sorgen. Ich war auch mal in deiner Situation und weiß, dass man den Tod eines so nahestehenden Menschen nicht einfach wegsteckt. Sicherlich habe ich damals auch den ein oder anderen angeblafft«, schmunzelte sie Katrina entgegen.

»Wenn du mir Gesellschaft leisten würdest, während ich das hier vertilge«, Katrina wies mit der Hand über die wider Erwarten doch reichliche Auswahl, die Mary noch für sie aufgetischt hatte, »dann würde ich dir gern erzählen, was du wissen wolltest …«, und schob schnell noch hinterher: »Ähm, falls du Zeit hast, meine ich.«

»Klar habe Zeit. Ich denke, die neuen Gäste kommen nicht vor fünf Uhr.«

Die beiden Frauen ließen sich an dem kleinen Küchentisch am Fenster nieder, von dem aus man in Marys Kräutergarten sehen konnte.

Katrina erzählte alles über Daniels Unfalltod, die Zeit der Trauer, die ja immer noch währte, und versuchte Mary mit einfachen Worten und Metaphern die Erbkrankheit zu schildern, die zu ihrer Zustandsveränderung geführt hatte.

»Du siehst also, im Oberstübchen wird bis zum Schluss alles in Ordnung sein«, endete sie und Mary machte ein sehr nachdenkliches Gesicht.

»Ja, aber das ist ja schrecklich. Kann man da denn wirklich nichts machen? Die Medizin ist doch so weit, es muss doch ein Medikament oder eine Therapie helfen.« Mary sah geradezu fassungslos aus. »Bei Brian war es damals einfach zu spät und es gab keine Heilung mehr, aber wie du sagst, ist dein Verlauf schleichend.« Sie stand auf und ging zur Küchenspüle um eigentlich nichts Wichtiges zu tun.

»Mary, es gibt nichts. Die Krankheit ist sehr selten und die Forschung steckt noch in den Kinderschuhen. Glaub mir, es wird noch Jahre dauern und ich hoffe inständig, falls andere, jüngere Menschen auch Träger sind, dass sie bis zum Ausbruch etwas gefunden haben. Aber für mich wird die Zeit nicht reichen.«

Auch Katrina stand auf und brachte das gebrauchte Geschirr zur Spüle, das Mary entgegennahm und in die Spülmaschine steckte.

»Mach dir keine Sorgen, ich habe mich damit angefreundet und ich werde so lange wie möglich versuchen, selbständig zu bleiben. Und dann werde ich sehen … Du hast meinen Rolli gesehen, er ist ganz wunderbar und ich brauche ihn ja nur für weitere Strecken. Im Haus oder für kurze Wege geht es noch ganz gut zu Fuß, nur Treppen sind für mich ein Graus.«

»Warum hast du das nicht gleich gesagt? Ich habe doch noch ein Gästezimmer im Erdgeschoss. Ich werde es gleich für dich herrichten.« Mary wollte schon aus der Küche eilen, doch Katrina hielt sie am Arm fest.

»Das brauchst du nicht. Ich kann gut heraufsteigen und hinab geht es hier auch, weil die Treppe schmal ist und ich mich an den Wänden abstützen kann ... Wirklich, Mary. Hier ist das ganz in Ordnung. Zu Hause muss ich ja auch zu meinem Zimmer ins Obergeschoss.«

Mary sah sie fast traurig an und nahm ihre Freundin, die keinen Trost brauchte, in den Arm, um sich selbst zu trösten.

»Hast du im Treppenhaus eigentlich renoviert oder war das schon immer in Grün?«, fragte Katrina, einer plötzlichen Eingebung folgend.

»Ja, letzten Herbst hatte ich den Maler da, warum fragst du?«

»Ach, nur so«, vervollständigte sie ihre geheime Schublade mit der Information und spürte erneut Marys Sorge.

»Mary«, sie machte sich von der Freundin los und sah sie an. »Mach dir bitte keine Gedanken und versprich mir, dass du nicht zur Glucke mutierst. Ich bin immer noch einigermaßen im Lot und ich möchte nicht bemuttert werden, okay? Wenn ich Hilfe brauche, frag ich. Ansonsten vergiss dieses Gespräch und tu wenigstens so, als wäre ich normal. Kriegst du das hin?«

»Ich werde mein Bestes geben«, antwortete Mary kleinlaut.

»Vielen Dank für das leckere Frühstück und vielen Dank fürs Zuhören.« Katrina drehte sich um und holte ihre Jacke, die sie über einen Stuhl im Frühstücksraum gehängt hatte. »Ich fahre noch mal zur Ruine raus, ich muss wissen, was das gestern für ein Mann war ... Mach dir also keine Sorgen, wenn es später wird. Das Handy hab ich bei. Wenn etwas ist, ruf ich an, okay?«

14

Damit war sie aus dem Raum und aus dem Haus und blieb an ihrem Auto stehen. Nach kurzer Überlegung ließ sie den Rolli im Wagen und stieg ein.

Nach zehn Minuten Fahrt parkte sie auf dem Parkplatz, der für die Touristen gegenüber dem Ausflugslokal angelegt worden war, und stellte beruhigt fest, dass es heute mehrere Besucher zu der Burg gezogen hatte. Einige waren auf dem Hinweg, es kamen aber auch schon einige zurück und manche hatten sich an den Tischen des Pubs niedergelassen, um ihr mitgebrachtes Picknick zu genießen. Der Tag war schön. Es war trocken und sonnig. Die Farben waren satt und muteten an wie das vollmundige Bukett eines guten Weines.

Katrina blickte über die Wiese, die sie gestern betreten hatte, und sah weit hinten Schafe weiden. Noch weiter entfernt sah sie den Schäfer. Das musste William sein.

Mit ihrem Gehstock bewaffnet ging sie auf dem Wanderweg in seine Richtung. Sie blieb auf seiner Höhe stehen und beobachtete ihn. Als der sich zu ihr umdrehte, winkte sie ihm zu und er machte sich durch das tiefe Gras auf den Weg.

Als er nur noch wenige Meter von ihr entfernt war, erkannte sie, dass es nicht Will war. Ihr lächelte ein jüngerer, sehr gut aussehender Mann mit schwarzem, gelocktem Langhaar, das er allerdings auch nach hinten gebunden unter seinem breitkrempigen Hut trug, entgegen.

»Mam«, er lüftete andeutungsweise seinen Hut, »kann ich Ihnen helfen?« Der Typ kam ihr seltsam bekannt vor, aber damit konnte sie sich im Augenblick nicht beschäftigen, es gab Wichtigeres in Erfahrung zu bringen.

»Ja, ich suche William Duff. Wissen Sie, wo ich ihn finden kann? Er meinte, er würde die nächsten Tage hier mit seinen Schafen verbringen.«

»Aye, Mam«, sagte der junge Schäfer. »Will musste was erledigen. Sind Sie die Frau, die sich von der Klippe stürzen wollte?« Er zog die Augenbrauen in die Höhe. »Dann soll ich Ihnen einen Gruß bestellen und Ihnen sagen, dass er was erledigen muss, aber morgen wieder hier ist.«

Katrina verzog verärgert das Gesicht und entgegnete mit leichter Schärfe: »Ich bin nicht die Frau, die sich von irgendeiner Klippe stürzen würde, aber danke für den Gruß.«

Sie drehte sich auf dem Absatz um und ließ den Schäfer mit gerunzelter Stirn stehen. Es tat ihr schon nach einigen Metern leid, denn der junge Mann konnte ja nichts dafür, dass die weitergegebene Information nicht ganz zu der Geschichte passte, zumindest aus ihrer Sicht. Sie drehte sich kurz um und rief dem Mann ein »Sorry« zu, bemerkte sein kurzes Nicken und lief zurück zu ihrem Auto.

Sie startete den Wagen und wollte vom Parkplatz rollen, als sie William bemerkte, der gerade aus dem Feldweg hinter dem Ausflugslokal trat, um die Straße zu überqueren und seinen Aushilfsschäfer abzulösen.

Er winkte ihr zu warten.

Katrina lenkte das Auto wieder in eine Parkbucht und stieg aus.

»Hallo«, sagte William und kam leicht außer Atem auf sie zu. »Bin gerade erst zurück, musste was erledigen, schön, dass wir uns noch sehen.«

»Ja, ich freue mich auch, da ich ein paar Fragen habe«, gab sie in leicht schnippischem Ton zurück.

William hätte sie gern angestrahlt, sah sie jedoch erstaunt an. Er hatte ihr doch ausrichten lassen, dass er morgen auf jeden Fall wieder da sei, und war sich ansonsten auch keiner Schuld bewusst.

»Also gut.« Fragend blieb er vor ihr stehen. »Gehen wir ein Stück?«

Er sah sich um, als würde er nach etwas suchen, blickte wieder zu ihr und fragte: »Wo ist der Rollstuhl?«

»Den brauchen wir heute nicht, denke ich«, sagte sie, als sie merkte, dass Will kein schlechtes Gewissen zu haben schien, und meinte: »Wenn wir auf dem Weg bleiben, schaffe ich das ohne.«

»Aye, kein Problem.« Er wartete, bis sie an seiner Seite war, und passte sich ihrer Geschwindigkeit an.

»Will«, begann Katrina, als sie einige Meter hinter sich gebracht hatten, »wenn du Mary Finnegan kennst, warum kennt sie dich dann nicht?«

»Oh, daher weht der Wind.« Er sah sie grinsend an. »Sie hat dich gestern wohl strammstehen und Bericht erstatten lassen, warum du so spät heimkommst, ist es so?«

Katrina sah fassungslos zu ihm auf und ärgerte sich über sein dämliches Gesicht. Als er erfasste, dass er sich auf dünnem Eis bewegte, fügte er erklärend hinzu: »Frag sie nach Duffy, dem Schäfer, dann wird sie wissen, wer ich bin.«

»Gut, werde ich tun.« Wieder gingen sie eine Weile nebeneinander her, ohne zu sprechen, als William sich erneut an sie wandte:

»Darf ich dich morgen zum Essen einladen? Es wäre mir eine Ehre.«

Damit hätte Katrina im Leben nicht gerechnet. Sie kannte diesen Mann doch gar nicht und kam mit der plötzlichen Annäherung nicht recht klar. Gut, er hatte sie in ihrer Not zwar bereits ohne Hosen gesehen, aber schließlich war das eine Ausnahmesituation gewesen. Andererseits hatte sie auch nichts zwingend anderes vor. Sie war allerdings auch keine Frau, die sich Hals über Kopf in seltsame und noch dazu zukunftslose Abenteuer einließ. Zudem musste diesem Mann doch klar sein, dass sie gerade erst ihren Mann begraben hatte. Was versprach er sich davon? Vielleicht hatte er aber auch gar keine Absichten, die ihren Argwohn wecken mussten, und wollte nur nett sein. Sie fühlte sich nicht unwohl in seiner Nähe, nein, das konnte sie nun wirklich nicht behaupten.

William, der die zwiespältigen Überlegungen seiner Gesprächspartnerin direkt in ihrem Gesicht ablesen konnte, musste schmunzeln und sah dabei lieber weg, um es sie auf gar keinen Fall merken zu lassen. Er musste innerlich zugeben, dass er schon forsch gefragt hatte, und gestattete ihr natürlich, darüber nachzudenken. Andererseits war es ihm ungemein wichtig, dass sie zusagte. Er wollte unbedingt den nächsten Abend mit ihr verbringen. Er musste.

»Katrina, ich kann verstehen, wenn du jetzt irritiert bist, aber bitte, ich würde mich sehr freuen, wenn du meine Einladung annimmst.«

Seine eindringlich vorgetragene Bitte mit einer feinen Nuance Not machte sie neugierig. Mit einem Hauch von Übermut sah sie zu ihm auf.

»Also schön, ich nehme deine Einladung an, Will.«

Als wäre ein ganzer Berg Steine von seinem Herzen gefallen, breitete sich ein Strahlen in Williams Gesicht aus, das seine blauen Augen zum Funkeln brachte. Er freute sich wie jemand, der hunderte von Jahren auf diese Antwort gewartet hatte.

Katrina fühlte sich geschmeichelt und ehrlicherweise musste sie sich eingestehen, dass sich der Ausdruck im Gesicht ihres Gegenübers als Freude in ihr Herz stahl.

Als sie sich in die geplante Laufrichtung drehte, hatte sie das mal wieder viel zu schnell getan und kam arg ins Wanken. William, der instinktiv sofort mit beiden Händen ihre Schultern ergriff, half ihr das Gleichgewicht wieder zu erlangen, hakte ihren Arm unter und setzte den Weg mit ihr fort. Katrina war es zwar ein wenig peinlich, dass ihr die Beine mal wieder nicht gehorcht hatten, und war sehr froh, dass er kein Wort darüber verlor und zugleich eine Wiederholung vermied, in dem er sich als Stütze anbot. Er hatte das so selbstverständlich getan, als wäre er das mit ihr gewohnt. Es bereitete ihr so ein wohliges Gefühl, dass sie sich trotz der Fremdheit sicher fühlte, wie sie es lange nicht getan hatte. Sie hatte das sehr vermisst, musste sie sich eingestehen, aber es löste noch etwas anderes bei ihr aus. Es war dieses trotzdem Vertraute, was sie ein wenig nervös machte.

Verstohlen sah sie zu William auf, in dessen Gesicht sie einen gewissen Stolz zu lesen glaubte. Was dachte er wohl? Er sah gut aus und müsste sich doch auf keinen Fall mit einer behinderten deutschen Touristin abgeben. Wie auch immer, ihr wurden langsam die Beine unsicher und sie hielt ihn mit einem kraftlosen Zug am Arm zum Stehenbleiben an. Er sah fragend zu ihr herunter.

»Ich glaube, für heute ist es genug, wir müssen den Weg auch wieder zurückschaffen, lass uns umkehren, ja?«, bat sie ihn, und mit einem kurzen Nicken drehte er sich um, hakte ihren anderen Arm unter und sie gingen langsam wieder zum Parkplatz.

»Warum tust du das?«, fragte Katrina.

»Was denn?«, fragte Will erstaunt zurück.

»Warum gibst du dich mit mir ab? Ich bin doch nur eine alternde Touristin, die einmal im Jahr hierherkommt«, brachte sie ihre Gedanken auf den Punkt.

William drehte sich zu ihr um und sah ihr direkt in ihre heute leicht grün schillernden Augen. Ihre Augen überraschten ihn immer wieder. Wie konnte es sein, dass er durch sie hindurch nahezu in ihr Herz sehen konnte, egal welche Farbe sie angenommen hatten? Für ihn waren sie wie offene Bücher. Er sah, dass sich bei ihr wieder eine gewisse Unsicherheit einschlich.

»Ich gebe mich nicht mit dir ab. Ich mag deine Gesellschaft und ich habe dich nicht gesucht, genauso wenig, wie du mich gesucht hast. Ich habe dich gefunden und das werde ich diese paar Tage, die du in der Gegend bist, genießen. Ich nehme dieses Geschenk an, wenn es mir gewährt wird. Mehr nicht.«

Was für ein Geschenk? Was war toll daran, eine alte, gebrechliche Dame in Schottland zu betreuen? Sie konnte sich hundert interessantere Zeitvertreibe vorstellen. Allerdings, wenn er es denn so sehen wollte … Immerhin war Will auch nicht mehr der Jüngste, also sagte sie:

»Ja, da ist was dran.«

Da sie am Auto angekommen waren und sie in einigen Momenten auseinandergehen würden, sah sie zu ihm auf und legte ihren Arm, den sie aus seiner Armbeuge gezogen hatte, als sie sich von ihm löste, auf seine breite Brust.

»Ich freue mich auf morgen. Wo soll ich hinkommen?«

»Komm hierher. Wäre zehn Uhr dreißig in Ordnung für dich?«

»So früh?« Sie sah ihn überrascht an.

»Es ist mir ein bisschen peinlich, aber ich würde dir gern etwas zeigen und … Na ja, es wäre schön, wenn wir dein Auto benutzen könnten. Es wird eine gute Stunde Fahrt sein«, rückte er sichtlich verlegen mit der Sprache heraus.

»Ja natürlich, bis morgen also«, hauchte sie ihm zu und stieg ins Auto.

»Ach, und bestell Mary einen schönen Gruß von Duffy, dem Schäfer, vergiss das nicht, okay?«

Gerade als Katrina nun endlich losfahren wollte, klopfte er noch mal an die Autoscheibe und sie kurbelte das Fenster ein Stück herunter.

»Katrina, sag ihr auch, dass du eventuell über Nacht fortbleibst.« Als er ihr erschrockenes Gesicht bemerkte, fügte er mit einem Grinsen hinzu: »Keine Angst, nicht, was du vielleicht denkst. Ich tu dir schon nichts. Es könnte halt spät werden und da ist es dann vielleicht einfacherer, dort zu bleiben, als im Dunklen zurückzufahren.«

Er winkte, drehte sich um und verschwand in Richtung Schafherde.

So, nun hatte Katrina endgültig genug zu überlegen, zu denken, zu zweifeln, versuchte sich aktuell auf die Straße zu konzentrieren und fuhr zurück zu Marys B&B.

Dort parkte sie ihr Auto in der schmalen Parkbucht, die sie mehrmals anfahren musste, um so zu stehen, dass auch andere noch Platz fanden. Sie war eine gute Fahrerin und konnte vorwärts oder rückwärts in einem Zug einparken, aber heute wollte es ihr nicht gelingen. Sie war eindeutig mit ihren Gedanken abgelenkt.

Endlich war sie mit ihrer Einparkerei zufrieden und stieg aus dem Auto, schloss die Fahrertür und betätigte automatisch den Schlüssel mit Fernbedienung. Mit einem *Klack* war das Fahrzeug verschlossen. Sie lehnte sich mit dem Po an die Tür und musste durchatmen, bevor ihr der erste Schritt wieder gelingen konnte.

Was war das denn alles gerade?

Völlig gedankenverloren machte sie sich auf den Weg zur Eingangstür und fühlte sich wie ein Automat.

15

Sie fand Mary im Salon. Mary studierte wie gewohnt in ihrer freien Zeit, wenn sie auf Gäste warten musste und ansonsten alles gerichtet hatte, alle möglichen Frauenzeitschriften. Mode, Interieur, Frisuren, Kosmetik, eben die »schönsten Nebensächlichkeiten der Welt«, wie Katrina eher abwertend über diese Zeitverschwendung dachte. An solchen Oberflächlichkeiten hatte sie ihr Leben lang noch nie Interesse gehabt. Natürlich blätterte sie auch in Warteräumen von Ärzten schon mal durch derartige Magazine, war aber stets wieder zu der Erkenntnis gelangt, dass sie auch nur für den Zeitvertreib in Wartezimmern eine vage Berechtigung hatten.

Katrina interessierte sich für vieles, Geschichte, Malerei, Tier- und Reisedokus, aber der neueste Frisurentrend gehörte bestimmt nicht dazu. Sie konnte Mary aber auch nicht für ihre Kurzweil-Lektüre verdammen, denn wenn sie sich selbst gegenüber ehrlich war, hatte sie vielleicht die tiefgehenderen Interessen, musste aber zugeben, dass sie sich meistenteils nur gefährliches Halbwissen angeeignet hatte. Also auch irgendwie oberflächlich.

Nur das Malen, erst mit Aquarellfarben und später auch mit Ölfarben, hatte sie seit ihrer krankheitsbedingten Frühpensionierung fast perfektioniert. Ihre Bilder waren gut. Sie hatte ein Händchen für Farben und wie sie sie einsetzen musste, um die richtigen Eindrücke zu schaffen. Zu Hause hatte sie viele davon als Dekoration in den Räumen hängen und erfreute sich an ihrem Anblick. Auch Mary hatte einige ihrer Kunstwerke aufgehängt, was sie stolz machte.

Traurig dachte sie daran, dass sie es nicht mehr konnte. Malen erforderte ruhige Hände und ihre Feinmotorik war dahin. Sie wollte keine Klecksereien produzieren, also ließ sie es ganz. Damit schloss sie ihre Gedanken ab.

»Hast du eine Minute für mich?«, sprach sie Mary an, die gerade eine anscheinend belanglose bebilderte Seite umblätterte.

»Aye, was kann ich für dich tun?« Mary sah auf. »Ach, übrigens habe ich dich doch ins Erdgeschoss umquartiert. Du sollst dich hier wohlfühlen und ich möchte nicht, dass du dir bei mit noch das Genick brichst.«

»Aber warum, ich sagte doch, dass das Zimmer oben für mich völlig in Ordnung geht. Das war nicht nötig.«

»Doch, das fand ich aber schon. Komm mit, schau es dir an und dann möchte ich nicht mehr darüber reden.«

Sie folgte Mary den langen Flur neben der Treppe entlang. Das Zimmer lag auf der linken Seite ganz am Ende des Ganges. Nach ihrer Orientierung musste es hinter dem Frühstückszimmer liegen.

Auch dieser Raum war geschmackvoll eingerichtet, hatte ein schönes, breites Bett und an einer Seite einen Bankschrank, auf dem man Platz nehmen konnte, um sich im Sitzen anzuziehen. Das Bad war genauso hübsch hergerichtet und barrierefrei. Katrina staunte nicht schlecht. Es war schön und insgeheim freute sie sich sehr über Marys Umsicht.

»Dieses Zimmer habe ich mit Brian zuletzt bewohnt. Wir hatten es damals für ihn renoviert, als er anfing zu kränkeln und wir noch keine Ahnung hatten, was los war.« Mary schüttelte sie unnötigerweise das Kissen von einem Korbsessel auf, denn es war auch vorher schon völlig in Ordnung gewesen. Marys Blick wanderte durch das Zimmer, als sie fortfuhr: »Ich konnte es bislang nicht vermieten. Ich hatte immer Probleme damit … ich dachte, ich lösche damit meine Erinnerungen an Brian aus. Aber das stimmt nicht«, nun sah sie zu Katrina auf. »Er ist in meinem Herzen.«

»Aber ich will dir doch jetzt wegen meiner Gebrechen dein Zimmer nicht wegnehmen«, stammelte Katrina, die voll des schlechten Gewissens Marys Mühen rückgängig machen wollte, doch diese hob abwehrend die Hand.

»Das tust du nicht. Ich wohne seitdem in meiner kleinen Dachgeschosswohnung und fühle mich dort sehr wohl. Ich konnte hier nicht mehr schlafen … und ich konnte hier auch lange nicht hineingehen.« Wieder drehte sie sich in den Raum und sprach weiter: »Weißt du, es ist jetzt vier Jahre her und«, nun sah sie wieder zu Katrina und in ihren Augen blitzte Entschlossenheit, »irgendwann ist es genug. Gott sei Dank bist du da und hast mir heute Morgen mit deiner Geschichte die Augen geöffnet. Gefällt es dir?«

»Oh, Mary. Es ist fantastisch und ich freue mich sehr, dass dieses Zimmer uns beiden hilft.«

Katrina nahm ihre Freundin in den Arm und drückte ihr einen liebevollen Kuss auf die Wange.

Sie fühlte sich wie sechzehn, als hätte sie eine geheime Abmachung mit ihrer Teenagerfreundin. Sie zog ihre Vermieterin auf das Bett, wie es junge Mädchen taten, wenn sie Ränke schmiedeten, und in dieser Laune eröffnete sie Mary das Vorhaben, mit William den morgigen Tag zu verbringen und die Eventualität der auswärtigen Übernachtung in wo auch immer.

»Außerdem soll ich dich von Duffy, dem Schäfer, grüßen«, endete sie ihre Ausführung.

»Aber«, über Marys Gesicht huschte ein Hauch von Enttäuschung, wechselte aber genauso schnell in Verschmitztheit.

Eigentlich hatte sie den morgigen Tag mit Katrina verbringen wollen, aber sie gönnte ihr auch dieses kleine Abenteuer. Anscheinend war auch Mary jetzt um vierzig Jahre jünger geworden und froh, dass sich eine gewisse Vertrautheit zwischen Katrina und ihr entspann.

»Duffy, soso, den kenn ich natürlich. Er ist ein Sonderling in der Gegend, sieht gut aus, ist nicht sehr gesprächig, aber er ist in Ordnung, denke ich. Nur was du von einem Schafhirten willst …« Sie schüttelte ein wenig den Kopf, als wäre das ein No-Go.

»Also, erst mal will ich nichts von ihm. Außerdem tust du so, als wäre ich die Gräfin Maritza und er auf keinen Fall standesgemäß.. Ich bin schließlich auch auf einem Bauernhof groß geworden und hege ohnehin keine Standesdünkel. Es kochen doch alle nur mit Wasser und haben einen Hintern aus zwei Hälften, ist es nicht so?« Katrina lächelte Mary von der Seite an.

Die beiden Frauen gingen Arm in Arm in die Küche, tranken Kaffee und unterhielten sich noch eine ganze Weile über dies und das und vertrauten sich so einige Dinge an, die man nur einer guten Freundin mitteilte.

Nach einer kurzen Unterbrechung, in der Mary neue Gäste begrüßte, ihnen die Zimmer zeigte und ihre Fragen beantwortete, wechselten die beiden in den Salon und genehmigten sich unverschämterweise mehr als einen Whisky, den sie bei ihrem weiteren Austausch von Lebensgeschichten und Selbstreflektionen genossen.

An diesem Abend gingen sie beide mit dem Gefühl auseinander, mit Ängsten, Zweifeln und Entscheidungen nie mehr allein sein zu müssen.

Mary hatte mit der Angst abgeschlossen, dass, wenn sie Brians Mausoleum auflösen würde, jede Erinnerung an ihn löschte, und Katrina hatte ebenfalls ein Stück weit Trauerbewältigung hinter sich gebracht.

Sie stellte ihren Handywecker auf acht Uhr dreißig ein, um keinesfalls nach dem für sie doch ausgiebigen Alkoholgenuss zu verschlafen und legte sich in Brians gemütliches Bett, in dem eine traumlose Nacht auf sie wartete.

16

Es war der 14. Juni und sie stand beim ersten Weckton ihres Handys auf. Beugte sich in die breite Fensternische und begrüßte einen blauen, sonnigen Himmel mit kleinen weißen Schäfchenwolken. Heute war mal wieder eine Null dazugekommen. Aber für Katrina war das nur eine Zahl, sie würde nie verstehen, wie viele andere Menschen mit dem Älterwerden Probleme hatten. Niemand wäre doch jemals in der Lage, die Zeit aufzuhalten, geschweige denn zurückzudrehen. Sie scannte sich, wie sie es des Öfteren tat, und beglückwünschte sich dazu, keine nennenswerten Veränderungen an sich feststellen zu können.

Frischen Mutes und in der Hoffnung auf einen gelungenen Tag streifte sie ihren Pyjama aus und legte ihn zusammen.

Schnell suchte sie Wechselwäsche aus dem Schrank, den Mary ordentlich eingeräumt hatte, und ging ins Bad.

Die warme Dusche tat gut und sie föhnte sich das Haar, während sie mit der anderen Hand ein Teil nach dem anderen in ihrer Kulturtasche verschwinden ließ, welche sie für die eventuelle Übernachtung brauchen würde. Zuletzt legte sie noch etwas von ihrem *Kenzo Flowers* auf und ließ auch den Parfum-Flakon dann in die Tasche gleiten. Alles verstaute sie anschließend in einem Rucksack, der Rollen hatte und einen Griff zum Herausziehen. Sie war immer schon der Meinung gewesen, dass man sich das Leben schließlich einfacher machen konnte, wenn es denn schon solche komfortablen Hilfsmittel gab.

Mit einem letzten Blick der Kontrolle und der Gewissheit, alles bei sich zu haben, verließ sie das Zimmer, um bei Mary zu frühstücken.

Diese trat gerade aus der Küche in den Frühstücksraum, als Katrina ihn betrat, hastete mit ausgebreiteten Armen auf sie zu und umschloss sie herzlich, sodass sie das Gepäckstück einfach fallen lassen musste.

»Glückwunsch zum Geburtstag, meine Liebe.«

Katrina war ganz verdattert und konnte im ersten Moment nicht einordnen, woher Mary das wusste. Zuhause hatte sie nie großes Aufheben von diesem Tag gemacht. Ihr dämmerte, dass sie dieses Jahr auf dem Meldebogen ihr Geburtsdatum vermerken musste, also antwortete sie dennoch erfreut: »Danke, Mary … dass du daran gedacht hast.«

»Was denkst du denn von mir, meinst du, ich achte nicht auf meine Gäste, hä?«, kam es schelmisch als Antwort. Mary geleitete sie zu ihrem Tisch, auf dem eine Kerze brannte und sie ein kleiner Gartenstrauß begrüßte.

»Mary«, stammelte sie verlegen, »das ist sooo lieb … aber diesen Tag streiche ich eigentlich jedes Jahr aus der Sammlung besonderer Tage. Ich fliehe aus der Heimat, damit mir wegen eines Geburtstages nicht nachgestellt wird. Ich weiß gar nicht, wie ich jetzt damit umgehen soll …«

»Ich weiß das doch alles. Daniel hat mir das schon immer

gesagt, wenn ihr hier wart. Ich solle mir ja keinen Mucks anmerken lassen! Aber ich konnte der Versuchung heute nicht widerstehen. Verzeihst du mir?«, blinzelte Mary sie an und setzte dabei ein entwaffnendes Lächeln auf.

»Ich bin nur froh, dass keiner der anderen Gäste hier ist und das mitbekommt«, grinste Katrina zurück und nahm an ihrem Ehrentisch Platz.

Sie genoss ihr Frühstück und ließ es reichlich ausfallen. Sie hatte schließlich keine Ahnung, wann es bei dem geheimnisvollen Ausflug mit Will wieder was zu essen geben würde. Besser, man war gerüstet.

Vorsichtshalber ging sie noch einmal zur Toilette und sah auf dem Rückweg zum Frühstückssalon noch einmal in den Spiegel. Dann nahm sie ihren Rucksack und verabschiedete sich von ihrer Freundin mit dem Hinweis, das Handy wie befohlen dabeizuhaben.

17

Katrina kam pünktlich auf dem Parkplatz vom Castle an und sah eine Art Satteltasche über dem Abgrenzungszaun zum Burgweg hängen, nur Will konnte sie nicht entdecken. Also stieg sie aus und suchte mit ihrem Blick die Umgebung ab. Ah, da war er. Er machte sich gerade aus der Richtung seiner Herde, die er wohl wieder dem jungen Schäfer überlassen hatte, auf den Weg zu ihr. Sein Schritt war zügig und der Gang kraftvoll und irgendwie elegant, wenn man das so sehen wollte. Fließend vielleicht.

Lächelnd kam er auf die zu, ergriff die Satteltasche, die gut gefüllt zu sein schien, und begrüßte sie mit erfrischender Freude.

Entweder hat er den Schalk im Nacken oder er wird gerade zu einem kleinen Jungen, der sich auf den lang ersehnten Angelausflug mit seinem Vater freut, dachte Katrina, als sie sein Gesicht betrachtete.

»Da bist du ja, und das auch noch so pünktlich«, schmunzelte er ihr zu, als er ihre Hand ergriff und sie für einen kurzen

Moment festhielt, nur um festzustellen, dass es keine Fata Morgana war, der er aufgesessen war. Ihr blumiger Duft wehte ihm in der leichten Tagesbrise entgegen.

»Ich komme aus Deutschland, da bekommt man Pünktlichkeit mit der Muttermilch eingeflößt«, gab sie in derselben fröhlichen Stimmung zurück und holte ihn zurück ins Hier.

»Leg die Tasche auf den Rücksitz, der Kofferraum ist schon mit meinem Rolli besetzt«, setzte sie hinterher und lächelte ihn an.

Er umkreiste das Auto, tat, wie ihm geheißen, und stieg neben sie in den Wagen.

»Und«, sie sah ihn von der Seite her an, »verrätst du mir, wohin wir fahren?«

»Kennst du Dufftown?«, fragte er.

»Klar kenn ich Dufftown. Wir waren schon einmal da, ich habe aber leider keine gute Erinnerung daran. Mir wurde speiübel, als wir dort ankamen, um den Ort und die Burg zu besichtigen. Letztlich taten wir nichts davon, fuhren zurück zur Pension und ich verbrachte drei Tage mit einer Magen-und-Darmgrippe im Bett.« Über diese Erinnerung konnte sie heute lächeln, aber damals hatte sie wirklich gelitten. Und den Ausflug hatten sie nie wiederholt.

»Dann warst du also eigentlich noch nie wirklich dort?«, fragte William ungläubig.

»Nun, wenn du so willst, bist du mit wohl auf die Schliche gekommen und hast die Ehre, es mir als neueste Erweiterung meiner Schottland-Erfahrung nahe zu bringen«, grinste sie ihn an.

Sie gab *Dufftown* in die Zieleingabe des Navis ein und hatte den Eindruck, dass William eine solche Prozedur nicht geläufig war.

»Hast du nie ein Auto gehabt«, fragte sie ihn lächelnd.

»Nein, nie. Ich kann diese Dinger nicht einmal bedienen. Vielleicht hältst du mich für einen alten Kauz, aber ich bin altmodisch und habe mich die ganze Zeit geweigert, diesen neumodischen Kram anzunehmen«, gestand er in einem leicht reumütigen Ton.

»Ach, macht ja nichts, jedem das seine, nicht wahr? Dann wollen wir mal los.«

Es ging in Richtung Aberdeen und dann hielten sie sich landeinwärts, fuhren durch eine leicht hügelige, grüne, von Landwirtschaft geprägte Region, die wie die Broders kaum Spannung aufkommen ließ. Kleine Nester wurden gestreift oder durchfahren, etwas Heidelandschaft hier, ein kleiner Tann dort, aber so war Moray. Sanft wie ihr Lieblingswhisky.

Die Unterhaltung mit William auf der Fahrt hielt sich ziemlich allgemein. Ab und zu machte er sie auf einen Punkt aufmerksam, den sie gar nicht wahrnehmen konnte, da sie mittlerweile krankheitsbedingt sehr konzentriert Auto fahren musste. Aus Angst vor Unfällen war sie allein auf die Straße fokussiert. Obwohl sie langsam fuhr, hatte sie insgeheim ein schlechtes Gewissen. Williams begeisterte Erklärungen zwischendurch kommentierte sie mit einem schlichten »Hmpf« oder »Aaha«, ohne überhaupt etwas gesehen und daher auch nicht begriffen zu haben. Aber für den Moment war ihr wichtiger, unbeschadet irgendwo anzukommen. Sei es drum.

Als sie Dufftown erreichten, sah sie auf der Uhr im Armaturenbrett, dass sie eineinhalb Stunden gebraucht hatten.

William dirigierte sie zu einem kleinen Parkplatz etwas außerhalb, weil der von den Touristen, die Dufftown täglich heimsuchten, nicht häufig frequentiert wurde, schlichtweg aus Unwissenheit.

»Wir gehen zuerst zu einer kleinen Jagdhütte, ich glaube, das schaffst du ohne Rollstuhl«, informierte er Katrina, während er aus dem Auto stieg.

Dann öffnete er die Rückbanktür und nahm seine Satteltasche heraus und ließ sie dort zu Boden gleiten, schloss die Tür und ging zur Fahrerseite. Da Katrina sich auch bereits aus dem Auto gehievt hatte, nahm er auch ihr Gepäckstück von der Rückbank und sah Katrina skeptisch an. Sie erschien ihm schon ein wenig steif.

»Geht es, oder soll ich doch den Rolli holen?«, fragte er mit besorgtem Blick.

»Nee, nee, geht schon gleich. Der erste Schritt ist nach dem langen Sitzen der schlimmste, keine Angst«, gab sie mutig zurück und fühlte sich gerade gar nicht gut. Als würde dieser Ort darauf bestehen, dass sie augenblicklich krank würde, wenn sie ihn betrat, hatte sie ein wirklich ungutes Gefühl. Allerdings wollte sie William auf keinen Fall den Tag verderben und riet ihrem vermaledeiten Körper sich gefälligst zusammenzureißen.

Vorsichtshalber nahm Will den Rollstuhl aus dem Kofferraum, platzierte das Gepäck auf der Sitzfläche und geleitete Katrina dorthin. Sie legte die Hände auf die Griffe und war froh, sich daran festhalten zu können. William deutete auf einen kleinen Weg, der in einen Tann führte und in einer kaum spürbaren Steigung verlief.

Wie er schon gesagt hatte, war es nicht so schrecklich weit, bis sie an einer Holzhütte mittleren Ausmaßes angelangt waren. Das Häuschen sah von außen bereits geräumig aus und war von innen wirklich schön. Da war alles in Holz gehalten. Nur das Fundament, das hatte sie von außen gesehen, da man zwei Stufen hinaufsteigen musste, um auf eine umlaufende Veranda zu kommen, war aus groben Steinblöcken. Es gab einen großen Kamin, der ebenfalls aus Stein bestand, ein großes Bett, das bequem aussah, und die übliche Bank-Tisch-Kombination für Mahlzeiten. Vor dem Kamin waren, wie bei William im Koben, zwei gemütliche altertümliche Sessel platziert, und es hingen einige Felle an der Wand, die dem Häuschen das Ambiente einer Jagdhütte gaben. »Gemütlich«, sagte Katrina, die sich weiterhin bemühte, ihre körperliche Pein zu überspielen, »wirklich sehr schön.«

William, der sich gleich darangemacht hatte, dem Kamin Leben einzuhauchen und es für Katrina in der Hütte warm zu machen, drehte sich in der Hocke zu ihr um und sah sie abschätzend an.

»Geht es dir gut?«, fragte er, denn ihr angestrengter Ton war ihm nicht entgangen.

»Ja, geht schon. Mir ist nur so komisch zumute. Dieser Ort mag mich anscheinend nicht besonders«, grinste sie ihn gezwungen an.

»Wenn es gleich warm ist und du einen heißen Tee in Händen hältst, wird es bestimmt besser.«

Katrina ließ sich auf die Bank am Esstisch sinken, weil sie Angst hatte, dass ihr in nächster Zukunft ihre Beine den Dienst versagen würden.

Währenddessen werkelte William am Kessel herum, lief aus der Hütte, kam mit einem Eimer frischen Wassers zurück und gab es in das vorzeitliche Kochgerät. Als er mit seinen Vorbereitungen fertig war ging er zu ihr und streckte ihr die Hand entgegen. »Komm ans Feuer, dort ist es schön warm und der Tee ist auch gleich fertig.«

Sie ließ sich mit ein wenig Eigenarbeit von ihm hochziehen und stand das gefühlte erste Mal nur eine Handbreit vor ihm. Er war tatsächlich mindestens einen Kopf größer als sie. Breitschultrig und robust gebaut. Muskulöse Brust und Arme. Als sie hochschaute, sah sie in warme, blaue Augen, in die sie am liebsten hätte eintauchen mögen.

Was war das? Schaute sie aus diesen Augen Mitleid an? Ach was … Sie nahm sich zusammen und begleitete Will zum Kamin. Er hatte die ganze Zeit über ihre Hand in der seinen behalten. Es kribbelte und sie musste sich eingestehen, es war ein schönes Gefühl. Nicht unangenehm, eher seltsam magnetisch. Er hätte ihre Hand hunderte von Jahren halten können.

»Hier, nimm.« Er hielt ihr den Becher Tee entgegen und bat sie mit einem Kopfnicken, in einem der Sessel Platz zu nehmen. »Du musst mir sofort sagen, wenn du hier wegwillst. Ich spüre genau, dass es dir nicht so gut geht, wie du vorgibst. Du musst mir nichts beweisen.« Er sah sie jetzt eindringlich an, und das Blau seiner Augen hatte plötzlich einen sehr intensiven Ton.

Dabei wusste er schon in dem Augenblick, als er es ausgesprochen hatte, dass er sie genau deshalb hierhergebracht hatte. Sie sollte ihm etwas beweisen, das war immer seine Absicht gewesen. Jetzt beschlich ihn ein seltsamer Herzschmerz. Doch er konnte sein Vorhaben jetzt nicht stoppen. Einmal hatte er für sie eine Überraschung vorbereitet und ihr Gesicht wollte er sich schon mal gar nicht entgehen lassen. Zum zweiten wollte er es unbedingt mit eigenen Augen sehen und mit Haut und Haaren fühlen, was geschehen würde, wenn er sie zurückbrachte. Zurück an einen Ort, den sie wiedererkennen müsste, da war er sich sicher.

»Ich muss dir nichts beweisen, warum auch?«, holte Katrina ihn aus seinen Gedanken zurück. »Ich komme schon klar.« Sie sah ihn mit einem schwachen Lächeln an und fügte hinzu: »Wenn sich mein Magen umdrehen sollte, musst du nur schnell genug mit einem adäquaten Gefäß zur Stelle sein.«

»Immerhin hast du deinen Humor nicht verloren«, witzelte William zurück.

Nach einer Weile, es war bestimmt schon um die vierzehn Uhr, fragte William sie, ob sie Hunger habe, und packte, ohne eine Antwort abzuwarten, einige Cerealien für eine rustikale Brotzeit auf den Tisch. Seine Satteltasche entpuppte sich für Katrina als wahres Füllhorn. In der Annahme, dass ein wenig Essbares ihren Magen beruhigen konnte, griff sie beherzt zu.

William freute sich, dass sie anscheinend das seelische Gleichgewicht wiederfand und sich an die unsichtbaren Schleier der Vergangenheit gewöhnte.

»Die Burg wird um siebzehn Uhr für die Besucher geschlossen. Wir haben bis dahin also noch Zeit. Wenn du dich ein wenig ausruhen möchtest«, damit wies er mit einem Blick zum Bett, »dann jetzt. Ich wecke dich pünktlich.«

»Was, wieso?«, schreckte Katrina auf. »Ich denke, wir sind wegen der Burg hier. Wenn wir schon mal hier sind, will ich sie auch sehen. Dann gehen wir gleich los, sonst schaffen wir es nicht mehr vor Einlassschluss.«

William schüttelte den Kopf, während er in ihr verwirrtes Gesicht schaute, in das sich langsam Trotz mischte.

»Wir gehen später. Ich habe dir doch eine Überraschung versprochen, oder nicht?«

»Aha, da bin ich jetzt aber gespannt wie ein Flitzebogen.«

»Na, und ich erst. Ganz im Ernst.« Er schmunzelte sie an und hatte gleichzeitig ein wirklich schlechtes Gewissen. Er bekam es langsam mit der Angst, sie endgültig zu überfordern. Wenn sie schon nur auf die Nähe der Burg so sensitiv reagierte, mochte er sich nicht ausmalen, was ihm in zwei Stunden blühte.

Wie William vorgeschlagen hatte, legte sie sich auf das breite Bett und ruhte sich aus. Die karierte Überdecke duftete nach Lavendel und sie hatte nicht den Eindruck, als wäre hier irgendetwas verstaubt. Die Jagdhütte wurde gepflegt und das sprach sie an. Sie hörte William noch einige Dinge verstauen, die Laute wurden leiser und dann war Stille.

Lange stand Will vor dem Bett und sah auf die schlafende Frau nieder.

Obwohl sie heute sechzig Jahre alt geworden war, sah sie aus wie ein Engel, so, wie sie ihre zusammengefalteten Hände unter ihren Kopf gelegt hatte. Sie lag auf der Seite, den Körper zu der fensterlosen Wand gegenüber der Eingangstür gewandt. Trotz des Schattens wirkte ihre Haut glatt und zart. Die winzigen Fältchen um Augenwinkel und Lippen waren nahezu verschwunden. Entspannt lag sie vor ihm und er fand es schade, sie wecken zu müssen. Vorsichtig strich er ihr den Pony aus der Stirn und sprach sie leise an.

»Katrina?«

»Hmpf«, summte es ihm entgegen und mit geschlossenen Augen fragte sie: »Was?«

»Wir müssen bald los. Du musst aufstehen.«

Katrina öffnete die Augen und sah ihn leicht gebeugt, aber in gehorsamem Abstand vor sich.

»Gut.« Sie rappelte sich auf, ließ die Beine auf den Fußboden sinken, stellte sich hin und wartete einen kurzen Moment, bis sich ihr Körper ins Gleichgewicht gebracht hatte. Sie stieg in ihre Slippers, die sie gern trug, da sie keine lästigen Schnürsenkel hatten. Mit den Händen fuhr sie sich kurz durch das Haar, das in der Regel immer gut fiel, ohne dass Kamm oder Bürste nötig waren, und stand zum Gehen bereit.

18

»Setz dich«, bot William ihr vor dem Treppchen den Rollstuhl an, »ich werde dich schieben. Es geht jetzt schon ein bisschen bergan.«

Der Weg begann in dem Wäldchen und wand sich anscheinend in Serpentinen zu dem Plateau hinauf, auf der die Burgruine stehen musste. Der Waldboden war zwar weich und William würde sich bestimmt anstrengen müssen, aber er meisterte es ohne ein Pusten oder Keuchen. Eine Kehre noch und sie befanden sich auf der Zufahrt, die asphaltiert war. Als sie die Burg sah, rief Katrina begeistert aus:

»William, das ist ja wunderbar. Ich habe diese Burg schon einmal gesehen! Ich komme gleich drauf, wo es war. Sie muss einen Zwilling haben. Herrgott, wo war das nur?« Er konnte sie denken hören und wusste doch, dass sie niemals darauf kommen würde, dass es genau diese Burg war, die sie kannte.

»Will, ich habe diese Burg gemalt, sie hängt bei mir zu Hause im Flur als Aquarell und bei Mary in Öl.«

»Unglaublich«, log er, um ihr die Freude nicht zu nehmen. »Ich glaube, dass ich mich ein wenig in meinem Land auskenne, aber die hier gibt es bestimmt nur einmal.«

»Nein, bestimmt nicht. Sonst würde ich sie doch nicht kennen.« Sie blickte leicht verdreht zu ihm hoch.

»Also gut«, murmelte er. »Wo möchtest du anfangen, was interessiert dich?«, fragte er und schob den Rollstuhl weiter zur Burg hin.

»Gibt es eine Erklärung oder ein Burgmodell irgendwo? Kann man vorher studieren, was man zu sehen bekommt? Haben die hier Geschichtstafeln oder so was?«

Wieder sah sie ihn an und erhielt ein verhaltenes »Hm« als Antwort.

William konnte ihre Begeisterung nicht fassen. Er hatte mit allem gerechnet, mit plötzlichem Erbrechen, Körperstarre, weiß der Kuckuck, auf was er sich in den letzten zwei Stunden gefasst gemacht hatte, aber sie war schlicht nur aus dem Häuschen vor Entzücken.

»Ja, das gibt es, aber das Häuschen ist jetzt geschlossen. Ich kenne die Burg gut und kann dir bestimmt alle Fragen beantworten«, musste er wieder einmal zu einer Notlüge greifen, denn er hoffte, dass sie auch ohne Erklärungen wusste, was sie sehen würde, wenn sie die Ruine betraten.

Die Burgruine war von einem niedrigen, schmiedeeisernen Zaun umgeben, und als sie sich endlich dem Eingangsweg näherten, rief Katrina erschrocken aus:

»Will, wo ist denn der Graben hin?«

»Was für ein Graben?«, fragte William zurück, obwohl er natürlich wusste, dass es mal einen breiten Wassergraben um die Außenmauer gegeben hatte.

Sein Herz machte einen Sprung.

Sie kannte es. Sie *war* es! Er hatte sie gefunden. Noch ein paar Einzelheiten, bitte, gib mir noch ein paar Anhaltspunkte, damit ich wirklich sicher sein kann, sie gefunden zu haben, betete er stumm zum Himmel.

»Na, der Wassergraben! Es waren immer ein paar Enten darauf und einen Schwan hatten wir auch –« Sie kam ins Stocken. »Äh, habe ich *hatten wir* gesagt? Ich meinte, hatte ich damals auch gesehen.«

William tat so, als hätte er ihren Begeisterungsausbruch überhört, und erklärte ihr, wie sich der Verfall der Außenanlage entwickelt hatte. Aber er überhörte auch, dass ihre Begeisterung nicht ehrlich war

Sie kamen durch das Burgtor in die mittlerweile recht desolate Rechteckfestung und Katrinas Gesicht nahm einen entsetzten Ausdruck an. Natürlich war ihr klar, dass sie eine Ruine besuchten, aber jemand anderes machte sich gerade ziemlich breit in ihr. Und dieser Jemand ließ den Blick über den Verfall gleiten und rief:

»Was ist denn hier los? Hier steht ja fast kein Stein mehr auf dem anderen. Sieh nur, Will«, sie sah William entgeistert an. »Alles fort, Stallungen, Magazine, Unterkünfte, Küchentrakt,

Brauhaus ...« Sie redete wie ein Wasserfall, als hielte sie einen ganzen Vortrag über Balvenie Castle. Sie kannte jeden Winkel und beschrieb, wie alles mal ausgesehen hatte. Sie wusste Dinge, die in keinem Buch nachzuschlagen waren, nannte Namen von Köchin und Zofen – und *seinen* Namen. Doch als sie ihn nannte, kam sie überhaupt nicht auf die Idee, dass er es war, über den sie sprach. Das betrübte ihn ein wenig, aber er musste zugeben, auch er hatte sich verändert und war jetzt deutlich älter.

Sie verließ den Rollstuhl und musste sich stabilisieren, drehte sich um und sah auf den noch am besten erhaltenen Teil der Burg. Die ersten Schritte auf den Treppenturm, der in das erste Geschoss führte, nahm sie leicht schwankend, griff beim Vorbeigehen Williams Arm und zog ihn mit sich.

»Komm, Will, komm! Ich werde da nie wieder herunterkommen, wenn du mir nicht hilfst«, rief sie und steuerte aufgeregt auf die unebenen Stufen zu.

Da sie mit dem Treppenaufstieg keine großen Probleme hatte, stürmte sie geradezu ins Obergeschoss und trat begeistert in die große Halle. Sie sah eine kleine, gedeckte Tafel mit brennenden Kerzen und wandte sich erstaunt zu William um, der sie grinsend ansah. Er freute sich wie ein kleiner Junge, als er sah, dass ihr die Pupillen fast als Fragezeichen in den blaugrauen Augen standen. Er nahm sie in den Arm und raunte ihr zu:

»Meinen allerherzlichsten Glückwunsch zum Geburtstag.« Er hauchte ihr einen Kuss auf die Stirn und sah zu ihr herab.

Die Fragezeichen weiteten sich über ihr ganzes Gesicht aus und er hätte am liebsten laut losgelacht.

»Woher weißt du, dass ich Geburtstag habe?«, keuchte sie.

Wäre sie nicht so euphorisch gewesen, hätte sie vermutlich einen Tobsuchtsanfall bekommen, aber in dem Moment war sie dermaßen überwältigt, dass sie es fast schon romantisch fand.

»Ah, Mary hat geplaudert, nicht wahr?«

»Mary? Nein. Mit Mary habe ich das letzte Mal vor einem Jahr auf dem Markt in Stonehaven gesprochen«, ließ er sie zappeln.

»Woher weißt du es dann?«

Während William sie in Richtung Tafel steuerte, sah er sie liebevoll an. Er zog ihr den Stuhl zurück, damit sie Platz nehmen konnte. Sie reagierte nur noch, setzte sich und ließ sich von ihm mit dem Stuhl näher an den Tisch rücken. Er fühlte, wie sie ihn beobachtete, als er sich zu seinem Platz gegenüber bewegte. Sie heftete ihren Blick auf ihn, als wäre er magnetisch.

»William! Was geschieht hier gerade? Bin ich irgendwie im Fernsehen bei Verstehen-Sie-Spaß oder so?«

»Katrina, nein, du bist bestimmt nicht im Fernsehen, aber ich wollte dir dies alles«, er wies mit ausgestrecktem Arm in die Halle und meinte die ganze Burg, »zeigen – und ganz ehrlich, ich wollte wissen, ob du die Frau bist, die ich schon mein ganzes Leben lang suche.«

Sie sank in die Rückenlehne ihres Stuhls und sagte eine Weile nichts.

»Und? Bin ich das?«, fragte sie schließlich leise.

So langsam kam ihr das Ganze heftig spanisch vor. Zwar war ihr der Mann ja durchaus sympathisch, was vermutlich sogar eine Spur untertrieben war. Sie fühlte sich sicher bei ihm. Er war Heimat für sie, wenn Heimat etwas war, wo man sich wohl, erkannt und verbunden fühlte. Sie wäre sogar noch einen Schritt weiter gegangen, wäre sie vierzig Jahre jünger. Sie hätte sich selbst gegenüber eingestanden, dass sie William direkt vermissen würde, wenn er am nächsten Tag nicht mehr da wäre. Mit zwanzig hätte sie gesagt, sie hätte sich verliebt. Nun aber war sie sechzig. Das war nicht natürlich.

»Ja«, antwortete er, »du bist die Frau, die ich mein Leben lang gesucht habe.«

Katrina schluckte.

»Wie kannst du das wissen?«

»Katrina.« Er sah ihr fest in die Augen. »Du hast gesagt, dass du diese Burg kennst. Du hast sie gemalt.«

»Ich weiß nicht. Vielleicht war es eine andere Burg. Was hat denn das mit uns zu tun?«

»Gleich. Warte. Du warst schon einmal hier, Katrina, obwohl du deiner Meinung nach nie hier gewesen bist. Du konntest Dinge erzählen, die keiner mehr wissen kann. Erinnerst du dich, was du über den Wassergraben gesagt hast? Und über den Schwan? ›Einen Schwan hatten wir auch‹, hast du gesagt.«

»Ja, und ich hatte mich verbessert«, antwortete sie brüsk. »Schwäne gibt es überall. Verdammt, mir fällt diese andere Burg nicht ein. Ich war hier noch nicht«, bekräftigte sie.

William beugte sich über den Tisch und nahm ihre Hände.

»Katrina, du hast hier *gelebt*. Ob du es glaubst oder nicht, du warst die Burgherrin von Balvenie Castle und mein Eheweib, das ich von Herzen geliebt habe und …«, ihm brach die Stimme und er sah sie mit Tränen in den Augen an. Dann schüttelte er den Kopf und sagte: »Katrina ist meine Caithriona. Du bist meine Caithriona.«

Katrina entzog ihm ihre Hände und lehnte sich zurück.

»Weißt du, William, ich glaube, du hast zu tief in die Whisky-Flasche geschaut, als ich in der Jagdhütte ein Schläfchen hielt. Mir wird das jetzt gerade zu blöd. Ich bin vielleicht alt, aber nicht senil. Es tut mir leid, aber ich werde jetzt gehen«, sagte sie kühl.

Sie stand auf und versuchte einigermaßen geradeaus durch die Halle zum Treppenhaus zu gehen, drehte sich jedoch noch einmal zu ihm um und wurde lauter:

»Ich hatte gerade angefangen, mich an dich zu gewöhnen. Ich wollte mich über diese nette Überraschung«, sie wies auf den Geburtstagstisch, »freuen, aber ich habe mich getäuscht. Du bist irre, glaube ich, und du machst mir Angst.«

Es gelang ihr, den Rest des Weges aus der Halle ordentlich zu meistern. Dann kamen diese schrecklichen Stufen. Keine war wie die andere, die Wände standen zu weit auseinander und es gab keinen Handlauf. Sie spürte, wie ihr der Angstschweiß ausbrach, und hätte am liebsten um Hilfe geschrien. Doch lieber hätte sie sich die Zunge abgebissen, als William zu bitten, ihr nach unten zu helfen. Dazu hatte sie einfach zu viel Stolz und außerdem wollte sie fort von diesem Mann. Was hatte der sich bloß gedacht? Vielleicht war er ja nach außen hin ein Lamm, aber was seine merkwürdigen Reden betraf, hatte er nahezu etwas von einem Psycho angenommen. Er war ihr nicht wirklich unheimlich, das konnte sie sich auch nicht einreden, aber seine Offenbarung war eine einzige Zumutung. Ja, das konnte man so stehen lassen. Abstand wäre bestimmt im Augenblick eine gute Sache. Sie begann konzentriert die Stufen herabzusteigen, indem sie, beide Hände an der Wand, jede einzeln nahm wie ein Kleinkind. Egal, Hauptsache, sie kam voran.

In dem Moment, als sie die Architekten des fünfzehnten bis siebzehnten Jahrhunderts verfluchte, weil sie nicht für ältere Leute gebaut hatten, kam sie ins Stolpern und fiel. Dann war alles dunkel und sie fühlte und dachte nichts mehr.

19

William, der frustriert auf die unberührten Speisen auf der Tafel starrte und sich gerade seiner tiefen Traurigkeit über seine missglückte Offenbarung hingeben wollte, hörte das Rumpeln und wusste sofort, dass etwas Schreckliches passiert war. Er sprang auf, dass sein Stuhl umkippte, rannte durch die Halle in den schlecht beleuchteten Treppenturm und nahm zwei Stufen gleichzeitig. Beinahe wäre er im letzten Drittel über Katrina gestolpert. Sie lag mitten auf der Treppe, musste mit dem Gesäß zuerst gelandet und dann rücklings mit dem Kopf auf die Stufen geprallt sein. Unschlüssig umrundete er sie und traute sich im ersten Augenblick nicht, sie auch nur zu berühren. Was sollte er machen? Oh Gott, lebte sie noch? Er beugte sein Ohr auf ihre Brust und konnte eine flache Atmung feststellen. Als er ihren Kopf etwas anheben wollte, bemerkte er die warme Flüssigkeit, die aus einer Wunde am Hinterkopf rann. Er konnte niemanden zu Hilfe rufen, es war kein Mensch da. Also fasste er den Entschluss, dass er in seinem Leben schon Schlimmeres gesehen hatte. Er legte ihren angeschlagenen Kopf so in seine Armbeuge, dass auch das Genick noch Unterstützung hatte, den anderen Arm schob er unter ihrem Gesäß her und hob sie an. Er trug sie die letzten paar Stufen herunter und stand mit der ohnmächtigen Frau im Innenhof von Balvenie Castle. Dort gab es nichts, wo er sie ablegen konnte, keine Bank, nicht einmal eine niedrige Mauer. Er hielt sie und dachte nach.

Da fiel sein Blick auf den Rolli. Er hatte sie schon einmal ohnmächtig zu seinem Koben transportiert, es musste gehen. Also ließ er sie so vorsichtig wie möglich in den Rollstuhl gleiten und unterstützte weiterhin ihren Kopf, bis er hinter ihr stand und ihn mit seinem Körper hielt, während er sich auf in die Jagdhütte machte. Sie hatte keinen Laut von sich gegeben und nicht gestöhnt, wenn der Weg holprig wurde, sodass seine Angst um sie von Minute zu Minute wuchs. Er hatte sie doch schon einmal verloren.

»Bitte, lieber Gott, lass sie leben«, rief er mit letzter Kraft und kam kurze Zeit später an der Jagdhütte an.

Nachdem er sie erst mal auf das breite Bett gelegt, Kerzen entzündet und sich um das Feuer im Kamin gekümmert hatte, setzte er den Kessel auf und machte heißes Wasser. In einer Truhe fand er ein frisches Laken, das er in Stücke riss. Immer wieder sah er besorgt zum Bett.

Endlich hatte er Wasser und ging damit zu Katrina. Er drehte sie auf die Seite, um besser an die Wunde am Kopf zu kommen. Es hatte aufgehört zu bluten und vorsichtig machte er sich an die Reinigung. Die Platzwunde, die er durch das blonde Haar ausmachen konnte, war nicht so groß, wie er vermutet hatte, schien aber relativ tief zu sein. In Ermangelung von Klammerpflastern oder Ähnlichem entschied er sich für das Althergebrachte, indem er einen langen Streifen aus dem Laken riss und ihr diesen als Kopfverband anlegte.

Wieder und wieder kontrollierte er, ob Katrina noch atmete, denn immer noch hatte sie keinen Ton von sich gegeben.

Da fiel ihm auf, dass sie noch die Hose und Schuhe anhatte und auf der Zudecke lag. Bestimmt würde es besser sein, wenn sie es bequemer hätte und warm zugedeckt wäre. Also machte er sich ans Werk. Endlich hatte er sie ordentlich im Bett, und während der Prozedur, ihr die Decken unter dem Körper wegzuziehen, hatte er den Eindruck, einen leisen Schmerzenslaut vernommen zu haben. Das war gut, dachte er. Das war bestimmt gut.

Kaum dass er durchgeatmet hatte, meinte er wieder einen Laut zu hören. Und tatsächlich. Sie stöhnte leise und versuchte sich auf den Rücken zu drehen, was er mit sanftem Druck seiner Hände zu verhindern wusste.

Er fühlte, wie jede noch so kleine Berührung wie ein wohliger Strom durch seine Adern floss. Aber sie hatte ihm auch ihre Ablehnung kundgetan, die ihn noch immer schmerzte. Er verstand nicht, dass sie ihn nicht erkannte. Sie musste es doch auch spüren, dass es zwischen ihnen ein Band gab, das die Jahrhunderte überdauert hatte.

»Lass das lieber«, flüsterte er ihr zu, »du hast eine dicke Beule am Hinterkopf. Da kannst du nicht drauf liegen. Das wird dir wehtun.«

Doch sie hörte ihn nicht, und er beschloss, sich hinter sie zu setzen und als Rückenlehne zu fungieren, damit sie den Verband anbehielt. Seine langen Beine flankierten ihren Körper und er zog sie sanft ganz eng an sich heran und legte ihren Kopf so auf seine Brust, dass die Verletzung keinen Druck erfuhr. So saß er lange da, einen Arm um sie geschlungen da, während er mit der anderen Hand ihr Gesicht streichelte.

Der gleichmäßige Rhythmus ihres Atems machte ihn schläfrig.

20

Doch er durfte und wollte nicht einschlafen, also begann er sich wach zu halten, indem er anfing, ihr seine Geschichte zu erzählen:

»Es war einmal eine wunderschöne junge Frau. Sie war von hoher Statur, größer, als Frauen vor dreihundert Jahren üblicherweise waren. Sie war schlank, hatte goldblondes Engelshaar, das ihr in langen Korkenzieherlocken über den Rücken fiel.
Sie war nicht nur schön mit ihren tiefblauen Augen und ihren vol-

len roten Lippen, sondern war auch liebreizend, verständnisvoll und tugendhaft. Jedoch hatte sie auch Temperament, wenn es um die Durchsetzung ihres Willens ging. Sie war meine Frau, meine Caithriona, mein aingeal.«

Bei diesem Wort regte sich Katrina, doch dann war wieder Ruhe, also fuhr William fort:

»Sie hatte mich fast ein Jahr um sich werben lassen und mir, dem damals glücklichsten Mann in ganz Schottland, das Ja-Wort gegeben. Aber es wäre ja zu einfach gewesen, einfach nur glücklich zu sein«, merkte er traurig an. »Caithriona kam aus Stonehaven. Dort lebte ihr Vater, der sich als Rechtsanwalt bei dem Clan der Douglas verdingte. Er schickte sie nach Morthlach, als er gewahrte, dass Lord Sommersby, der das Regiment der Engländer auf Dunnottar Castle befehligte ein Auge auf sie geworfen hatte.

Meinem alten Vater war Caithriona fast wie eine Tochter und er freute sich sehr, dass sich zwischen uns eine Liebe entspann.

Sie war nicht gleich für mich entfacht, das muss ich leider eingestehen, auch wenn sie mich von Anfang an verzaubert hatte. Ich musste ihr mit meinen dreiundvierzig Jahren schon wirklich alt erschienen sein.

Zuerst gab ich es mir selber gegenüber gar nicht zu. Ich spürte erst, dass ich sie keinem anderen überlassen wollte, als ich eifersüchtig wurde, wenn sie auch nur einen anderen Mann aus Freundlichkeit anlächelte. Ich konnte nicht ertragen, wenn selbst ein Freund mit ihr sprach, den sie anscheinend ebenfalls zu mögen schien.

Und in immer kürzeren Abständen tauchte dieser Sommersby auf der Burg auf. Seine angeblichen Kontrollritte durch sein Gebiet führten ihn immer auch nach Morthlach. Ich sah seine gierigen Blicke auf dem Mädchen. Sie waren lüstern und ohne Liebe. Ich hätte Caithriona am liebsten vor ihm versteckt.

Ich war der, der sie bekommen sollte, und so beschloss ich, verstärkt ihre Aufmerksamkeit auf mich zu lenken. Ich lud sie zu Ausritten ein, verbrachte Zeit mit ihr und brachte ihr ihre geliebten Farben mit. Das machte sie immer verlegen, da Farben damals sehr

*teuer waren. Die meisten stellte sie selber her, aber einige Töne konn-
te sie nicht mischen und war immer selig über meine Mitbringsel.*

*Sie malte gern, musst du wissen, obwohl nicht allzu viel Zeit da-
für war. Wenn sie sich fortstehlen konnte, kannte ich ihre Lieblings-
plätze und suchte sie dort regelmäßig auf. Ich sehnte mich danach,
dass sie mich endlich wahrnahm. Wahrnahm als Mann, verstehst
du?«*

Die Frage war natürlich rhetorisch gemeint, William erwartete
von Katrina keine Antwort. Allerdings musste er sich und sie ein
wenig verrücken, da ihm ein Bein einzuschlafen drohte. Dann
zog er Katrina wieder sanft zu sich und genoss ihre körperliche
Nähe. Wieder streichelte er ihr über das Gesicht, was mit einem
leisen »Hmpf« kommentiert wurde, und mit einem Lächeln auf
die Frau in seinem Arm fuhr er fort:

*»Sie war keusch erzogen und aufgrund ihrer Unberührtheit nicht
eben offen für meine amourösen Absichten. Es hat mich viel Geduld
und noch mehr Selbstbeherrschung gekostet, sie nicht zu verschrecken und ihr Herz zu gewinnen.*

*Der erste Kuss, den ich im Leben nicht vergesse, löste eine Lawi-
ne von Gefühlen in mir aus. Am liebsten hätte ich sie auf der Stelle
genommen, aber das konnte ich ja nicht. Sie hatte mich dermaßen
erregt, dass ich dachte, mein … äh … du weißt schon, würde ihr
die Bauchdecke durch ihre Röcke durchstechen. Schnell löste ich
mich von ihr, eilte zum nächstbesten eiskalten Gewässer und sprang
hinein.«*

Diese Erinnerung zauberte ein warmes, verträumtes Lächeln auf
Williams Gesicht.

*»Du ahnst gar nicht, wie ich diese Hochzeit herbeisehnte. Ich wollte
dieses Mädchen mit Haut und Haaren. Ich wollte ihren nackten
Körper zentimeterweise kennenlernen, anfassen, streicheln und küs-
sen. Und ihr Körper war schön, das sag ich dir.*

Ihre Haut war so weich und hatte die Farbe von Elfenbein. Ihre

Brüste waren fest und rund mit diesen wunderschönen mokkafarbe-
nen Warzenhöfen, die sich bei der kleinsten Berührung verhärteten.
Ihr Bauch war flach und hatte nicht den schwammigen Speck wie
bei den Mägden. Und ihr Hintern war klein und rund. Ein richtig
strammer Hingucker.«

Er spürte, wie Röte in sein Gesicht aufstieg, und war dankbar,
dass er die Geschichte einer Frau erzählte, die gar nicht zuhörte.

Doch da irrte William sich. Katrina lauschte seinen Erinnerungen schon lange. Sie genoss seine Umarmung und hatte
nicht im Traume vor, diese Situation zu ändern. Seine Liebe,
die in dieser Erzählung zu spüren war, floss Satz für Satz in ihr
eigenes Herz.

»Wie auch immer, die erste Nacht mit Caithriona schlug alles, was
ich bis dahin kannte. Na ja, ich war bis dahin kein Mönch ge-
wesen, aber ich denke, dass sie mein Herz berührte. Es gab einen
Unterschied zwischen einfach nur Liebemachen oder Liebe machen.
Sie brachte es mir bei. Wir liebten uns oft und leidenschaftlich. Sie
wurde neugieriger und selbstsicherer und wir taten Dinge, an die
ich zuvor gar nicht gedacht hatte. Sie war himmlisch. Sie war mein
aingeal. Tiefer konnte Liebe nicht sein und größer kein Glück.«

William bemerkte seinen Blasendruck und ihm tat es leid, dass
er dieses Problem zeitnah beheben musste. Also raffte er sich auf,
hob ein Bein über Katrina und schob sie vorsichtig auf die Seite, darauf achtend, ihren verletzten Kopf zu schonen. Mit einer
leichten Steifheit stand er dann vom Bett auf und eilte vor die
Tür. Bei der nötigen Erleichterung fühlte er sich, als würde er
mit Caithriona den Gipfel der Glückseligkeit erklimmen. Wäre
er nicht schon so alt, wie er war, hätte er sich vermutlich für
seinen Gedanken geschämt. Aber er war sich darüber im Klaren,
dass diese Zeit lange vorbei war. Mit sich völlig im Reinen, trat
er wieder in die Jagdhütte, warf einen Blick auf die verletzte Katrina und ging zum Kamin. Er schürte die Glut und legte neues

Holz auf. Es war kühler geworden und er wollte es warm haben für seinen Gast.

Katrina lag immer noch engelsgleich auf dem Bett. Sie hatte wieder die gefalteten Hände unter ihr Gesicht geschoben und war völlig entspannt.

Er wollte sie nicht bewegen. Er überlegte kurz, wie er es anstellen sollte, diese wohlige Nähe zu ihr wieder herzustellen, die er in der letzten Stunde so genossen hatte. Er stieg von der anderen Seite ins Bett und faltete das Kissen auf, damit sein Kopf bequem und höher lag. Dann legte er sich ganz nah zu ihr. Seine Brust berührte ihre Schultern, sein straffer Bauch wärmte ihren Rücken und sie lag in seinen Schoß geschmiegt. Himmel, war das ein schönes Gefühl.

Er zupfte behutsam ihren Kopfverband wieder zurecht und legte seinen Arm um sie. William hoffte inständig, sie würde es nicht falsch verstehen, wenn sie aufwachte, und ihn für einen Lustmolch halten.

»Wo war ich?«, begann er weiterzuerzählen und Katrina hörte förmlich, wie er sich sortierte. Dann hatte er den Anschluss gefunden und fuhr in seinem angenehmen Timbre fort:

»Ja, tiefer konnte Glück nicht sein. Und wie heißt es so schön: Kein Glück währt ewig.

Wir waren so ungefähr zwei Monate lang verheiratet, als ein Bote die Nachricht brachte, Caithrionas Vater sei erkrankt. Sie machte sich also mit ihrer Zofe Gillian auf den Weg nach Stonehaven. Doch bevor sie dort angekommen war, hatte dieser Bastard von Sommersby ihr aufgelauert und ihr Gewalt angetan. Auch Gillian war nicht ungeschoren davongekommen, doch sie war an Körperlichkeit durch unsere eigenen Leute gewohnt und nicht von dem Stand, wo es als unziemlich galt, unverheiratet Sex zu haben.

Für Caithriona allerdings ...«

William geriet ins Stocken, es war ihm, als müsste er ihr Leid noch einmal ertragen. Er hätte schreien können vor Wut, aber er hatte die Verantwortung für ihre Seele. Und ihre Seele lag als Katrina vor ihm.

»Sie kam schnell nach Balvenie zurück, sie war kein Kind mehr, sie war jetzt eine Frau und konnte sich denken, dass Sommersby sie dorthin gelockt hatte und … und sie war stark. Verdammt stark, wenn ich es nun aus der Ferne betrachte. Ich nehme an, sie wollte das Erlebte aus der Erinnerung tilgen, und so vertraute sie sich mir nicht an. Auch Gillian hatte sie zum Schweigen verdammt. Dieses Weib ging einfach zur Tagesordnung über.

Weil kein Tag verging, an dem ich meinen Engel nicht begehrte, liebten wir uns wieder und wieder. Caithriona legte sogar noch mehr Leidenschaft an den Tag, als ich es von ihr gewöhnt war. Nicht, dass mir das missfiel, im Gegenteil, wir erreichten himmlische Erfüllung.

Doch eines Tages, als ich sie nicht in ihrem Zimmer und auch nicht im Schloss fand, suchte ich ihre Malplätze ab und fand sie weinend hinter ihrer Staffelei.

Sie eröffnete mir, dass ich Vater würde – und nenne mir einen Mann, der seine Frau über alles liebt und sich kein Kind von ihr wünscht. Ich war überglücklich, doch sie hörte und hörte nicht auf zu weinen. Also drängte ich sie, mir doch ihre Sorgen zu erzählen, ich wollte sie trösten, und dann brach es aus ihr heraus: ›Will, ich weiß nicht, ob ich dein Kind oder das Kind meines Vergewaltigers trage.‹ Das war ein Schlag mit einem Morgenstern. Innerlich völlig dumpf, war ich nicht in der Lage zu denken, geschweige denn etwas Sinnvolles zu ihr zu sagen. Doch der Augenblick ging vorüber und ich nahm sie in den Arm und bat sie um den Namen. Sie schwieg und ich hätte es nicht mit Daumenschrauben aus ihr herauspressen können. Sie sagte mir nur, ich könne sie verstoßen oder mit ihr vergessen, denn nichts anderes würde sie wollen, als diesen Vorfall aus ihrem Gedächtnis zu streichen. Also einigten wir uns aufs Vergessen und ich versprach ihr, dieses Kind als mein eigenes anzusehen – komme, was da wolle. Ich liebte diese Frau zu sehr, um ihr Kummer zu machen. Ich wollte meine fröhliche, liebreizende und leidenschaftliche Caithriona zurück.

Wir verlebten also eine weitestgehend glückliche Schwanger-

*schaft und auch die Geburt unseres Sohnes, den wir Alexander
tauften, verlief gut. Wir waren froh, dass die Zeit und der Abstand
diesen Dorn schwächer werden ließen, und ja, wir genossen trotz
allem und vielleicht auch gerade deshalb unsere kleine Familie.«*

Williams Arm, den er mit unter das Kopfkissen geschoben hatte, wurde langsam aber sicher taub und so drehte er sich auf
den Rücken und verschränkte seine Arme hinter dem Kopf.
Gedankenverloren starrte er die Holzdecke an und sein Magen
knurrte vor Hunger. Mist, dachte er. All die schönen Sachen, die
er auf der Burg hatte lassen müssen, kämen jetzt gerade recht.
In der Jagdhütte hatte er nichts mehr und bis zum Morgen wären noch ein paar Stunden zu überstehen. Nein, er musste noch
einmal schnell dorthin und etwas zu essen beschaffen. Er stand
auf, schlüpfte in seine Stiefel und warf sich den Mantel über. Er
sah noch einmal zum Bett und wollte gerade zur Tür hinaus, als
Katrina sich auf den Rücken drehte.

Also eilte er zu ihr zurück und murmelte ihr ein paar beru-
higende Worte zu, steckte ihr das Kissen so unter den Nacken,
dass die Beule keinen Druck bekam, und teilte ihr mit, dass er
schnell noch einmal zur Burg ginge und die dort zurückgelasse-
nen Sachen holte.

Sie schlug das erste Mal seit dem Sturz mit Mühe ihre Augen
auf und ließ ihn mit einem Lidschlag wissen, dass sie verstanden
hatte, bevor sie sie wieder schloss.

Damit war er fort und Katrina kam sich augenblicklich verlassen vor.

21

Katrina dröhnte der Schädel, als hätte sie einen heftigen Kater.
Ihre Hand tastete nach ihrem Kopf und sie fand eine Stirnbinde.
Als sie den Stoff mit ihren Fingern absuchte, fand sie eine üble
Beule an ihrem Hinterkopf.

Sie versuchte wieder die Augen zu öffnen, aber sie waren wie zugeklebt. Es war nicht so, dass sie das nicht kannte. Mehrfach war ihr das nach Narkosen so gegangen. Sie hatte die Ärzte immer verstanden und gehört, wenn jemand mit ihr sprach, aber auch da hatte sie ihre Augen nie öffnen können.

Sie nahm sich also vor, sich Zeit zu lassen, und scannte ihren Körper auf weitere Blessuren. Außer einer Prellung an den Rippen und einem fetten Bluterguss, der sich an einer Hüfte bilden würde, wenn es nicht schon so wäre, schien nichts passiert zu sein.

Stärker mit dem Finger auf die Beule zu drücken, traute sie sich nicht. Sie würde Will nachher fragen, was damit war. Stürze waren nichts Neues für sie und kamen vor, auch wenn sie sich seit langer Zeit sehr in Acht nahm, um Schlimmeres zu vermeiden. Schließlich war sie weit davon entfernt, sich als Masochistin zu bezeichnen, im Gegenteil, sie konnte auf Schmerzen bestens verzichten.

In den letzten Jahren war sie zu einem Dauergast in der Notaufnahme mutiert, weil sie dauernd seltsame Sturzunfälle hatte. Eine Schwester hatte sogar Daniel in Verdacht gehabt, seine arme Frau zu misshandeln.

Diese Unterstellung wurde jedoch durch die Vorlage der definitiven Diagnose durch ein Genlabor entkräftet und Katrina wurde jeweils entweder mit Gipsverband oder frisch genähten Platzwunden auf ein Nächstes entlassen.

Das traf ungefähr mit dem Zeitpunkt zusammen, an dem auch ihre Arbeitskollegen an der Schule seltsame Gerüchte über sie verbreiteten. Sie stempelten Katrina zur Alkoholikerin ab und stierten ihr blöde hinterher, wenn ihr Gang unsicher und in Schlangenlinien verlief. Im Nachhinein konnte sie es ihnen nicht einmal verübeln. Doch selber in der Situation zu sein, sich nichts vorwerfen zu müssen, weder Alkohol- noch Tablettenmissbrauch oder was da sonst noch so in Frage gekommen wäre, das war damals eine harte Nuss für sie.

Die Frührente wurde ihr vonseiten der Schulleitung nahegelegt; man würde dafür sorgen, dass ein schneller Bescheid erginge. Das war die Reaktion auf die krankheitsbedingten Ausfälle und als sie sich schließlich mit der Idee, mehr Zeit für sich zu haben, angefreundet hatte, war ihr Blick auf die Welt wieder um einiges versöhnlicher geworden.

Fortan hatte sie sich allerdings auf die Fahne geschrieben, es jedem vorher zu sagen, was mit ihr nicht stimmte, bevor sie wieder durch die Gerüchteküche musste. Warum sie sich hier vor Mary so geziert hatte, blieb ihr für den Moment ein Rätsel.

Katrina hatte ihre Freizeit mit vielen Dingen ausgefüllt. Sie war zur Gymnastik gegangen, um ihre Beine so lange wie möglich intakt zu halten. Sie hatte Eriks ehemaliges Kinderzimmer zu einem Atelier umfunktioniert und sich dem Malen hingegeben und sie hatte endlich Zeit zum Genusskochen. Sie liebte es, alle möglichen Rezepte, die ihr schmackhaft erschienen, in die Tat umzusetzen. Oft hatte sie gedacht, dass sie, wenn sie die Zeit zurückdrehen könnte, Köchin geworden wäre. Sie hätte ein kleines, aber feines Restaurant und würden ihre Gäste kulinarisch nach Strich und Faden verwöhnen. Aber der Zug war abgefahren.

Auch die Kultur-Urlaube mit Daniel waren in den letzten Jahren schwierig. Sie konnte nicht mehr alles begehen. Auch wollte sie in einem fremden Land nicht unbedingt im Krankenhaus landen. Eigentlich lohnte sich diese Art von Reisen dann auch nicht mehr wirklich. Außer auf die alljährliche Reise nach Schottland hatten sie komplett auf Sightseeing verzichtet und nur noch nette kleine Hotels mit wenigen Gästen und gutem Service in Strandnähe aufgesucht. Dort konnte man sich wirklich erholen und das war dann auch so in Ordnung.

Ihre Gedanken waren von Hüh nach Hott geschweift und ihr wurde klar, dass sich ihre Blase bemerkbar machte. Hoffentlich kam William bald wieder und half ihr auf den Abort.

Da sie anscheinend schon so viele Gedanken bewerkstelligen konnte, versuchte sie noch einmal die Kontrolle über ihre Augenlider zu erlangen. Nach mehrfachem Üben klappte deren Bedienung schon wieder ganz gut.

Sie setzte sich auf, ließ sich aber augenblicklich wieder in das Kissen sinken. An Aufstehen sollte sie nicht einmal denken, schon gar nicht allein.

Um den Fokus von ihrer übervollen Blase zu nehmen, die bereits zu schmerzen begann, richtete sie ihre Gedanken auf die eben gehörte Lebensgeschichte. Es gab durchaus Passagen, bei denen sie geschworen hätte, das gewusst zu haben, aber das alles war insgesamt so abwegig, dass sie es als Fehlschaltungen ihres angeschlagenen Kopfes deutete. Andererseits regte sich ständig jemand auf der reinen Gefühlsebene, der sich zwar bei den Tatsachen oder Geschehnissen nicht einmischte, aber an den Stellen, am denen es um Liebe und Vertrauen ging, ganz definitiv ausschlug.

Katrina schüttelte den Kopf, um ihre Schubladen im Oberstübchen wieder zu sortieren. Im gleichen Moment wusste sie auch schon, dass das ein Kardinalsfehler war. Das Dröhnen, das gerade so nachgelassen hatte, dass sie gut damit leben konnte, begann von Neuem und sie schloss die Augen, in der Hoffnung, dass es vorbeiging.

Ihre Blase meldete jetzt Alarmstufe Orange und es wurde definitiv Zeit.

Da ging die Tür auf und ein Bündel wurde durch die Tür gereicht und abgesetzt. Dann folgte William mit seiner ebenfalls prall gefüllten Satteltasche.

Er sah sie verblüfft an und bemerkte Tränen in ihren Augen.

»William«, stieß sie gepresst hervor, »ich muss …«

»Was?« Er schaute sie entgeistert an

»Dringend, ich muss mal. Schnell.«

Sofort begriff er, ließ die Satteltasche Satteltasche sein und eilte zum Bett. Er hob sie hoch und eilte mit ihr nach draußen.

»Hier kannst du nur im Freien pinkeln«, sagte er und sie nickte verzweifelt.

Will stellte sie auf ihre Füße und hoffte inständig, dass sie stehen bleiben konnte, was sie auch irgendwie schaffte.

Es blieb ihr auch gar nichts erspart, dachte sie, während sie an ihrem Slip herumnestelte und ihn abwärts zog. Gott sei Dank hatte Will sie ja schon halb ausgezogen, worin er anscheinend langsam Übung bekam, wie ihr schien. Sie drehte sich mit dem Rücken zu William, bat ihn, sie an den Achseln festzuhalten, und ging in die Hocke.

Während sie sich erleichterte, dachte sie nur, dass sie jetzt viel für einen Rock gegeben hätte und dass sie in ihrem ganzen Leben noch nie so eine peinliche Situation erlebt hatte.

Als sie fertig war, brachte William sie zurück in die Hütte und legte sie zurück auf das Bett.

»Alles gut?«, fragte er und sie nickte.

Damit erst gar kein bedrücktes Schweigen entstehen konnte, erklärte William jeden seiner Arbeitsgänge vom Wasserheißmachen bis zum Tischdecken und zählte auf, was es für Leckereien gab. Dabei vermied er jeden Blickkontakt.

Zwar kam sich Katrina vor, als würde er von ihr denken, sie wäre geistig zurückgeblieben, aber sie ließ ihn gewähren. Vermutlich war das seine Art von Peinlichkeitsbewältigung. Er tat ihr leid. Hatte sie ihn tatsächlich so in Not gebracht, dass er aus seiner sonstigen Seelenruhe gerissen war? Sie änderte ihre Meinung und fand es schließlich eher belustigend als mitleiderregend.

»William«, fing sie an, wobei sie sehr darauf achtete, die Tonlage ›Anfang einer Bitte‹ zu treffen, »kannst du mich mal ansehen?«

Da er gerade mit dem heißen Wasser am Kamin beschäftigt war, was er in der Hocke erledigte, schoss alarmiert hoch und war schon auf dem Weg an ihr Bett.

»Geht es dir nicht gut, brauchst du was? Blutet der Kopf wieder? Lass mal schauen.« Er wurde fast panisch und wollte schon an dem Verband herumwerkeln.

»Nein, nein, es blutet nicht, alles gut.« Sie nahm seine Hand von ihrem Kopf und behielt sie in ihrer, viel länger, als sie gedacht hatte, das tun zu wollen.

»Ich möchte mich bei dir entschuldigen und ich möchte mich bei dir bedanken.« Mit einem ernsten und liebevollen Blick sah sie zu ihm auf.

»Oh«, war alles, was er herausbekam, doch er sammelte sich schnell wieder und entgegnete mit derselben Wärme: »Ich auch.« Er ließ sich neben ihr auf der Bettkante nieder und starrte auf die Hand, die immer noch die seine hielt.

»Ich habe dich überfordert. Es tut mir so leid. Und ich wollte doch so, dass du dich über diesen Ausflug freust.« Er wirkte verzweifelt und voller Selbstvorwürfe. »Katrina«, er sah ihr in die Augen, »ich hätte dich an deinem sechzigsten Geburtstag mit meiner Selbstsucht fast umgebracht.«

»Aber Will! Der Unfall war allein meine Schuld. Ich hätte von Anfang an wissen müssen, dass ich diese vermaledeite Treppe nicht alleine herunter komme. Du kennst mich doch noch gar nicht so gut, du konntest das nicht einmal ahnen. Und ich habe mich über diesen Tag gefreut.« Um seine Ungläubigkeit endgültig aus seiner Miene zu vertreiben, setzte sie hinzu:

»Wirklich, Will. Ich habe mich gefreut. Ich habe mich auch über deine Geburtstagstafel gefreut. Du hast dir so viel Mühe gemacht. Meinst du wirklich, ich habe das nicht bemerkt?«

Er setzte sich wieder und immer noch hielt sie seine Hand.

»Ja, aber ich habe dich erschreckt. Ich habe dir Angst gemacht, das hast du doch selber noch gesagt, bevor du die Halle verlassen hast.«

»Das hast du wohl, aber da hast du mir auch noch nicht deine Geschichte erzählt«, lächelte sie ihn an, als sein Kopf erschrocken herumfuhr.

»Wie jetzt?«

»Ja, mein lieber Will, ich habe deine Geschichte gehört und ich hoffe, dass du sie mir weitererzählst. Ich möchte jetzt alles wissen. Ich möchte, dass du nichts auslässt, und dann, lieber William, werden wir sehen, ob ich dich immer noch für irre halte. Kannst du damit leben?«

Da ihr Lächeln jetzt breiter war und ihre Augen eine Liebe ausstrahlten, die kein Nein duldeten, ging er auf den Handel ein, jedoch nicht ohne Bedingung.

»Gut, Mylady, wenn ihr es so wollt, werde ich mich fügen, aber vorher essen wir was. Ich habe Hunger, als hätte ich eine

Woche lang nichts mehr gehabt, und ohne Futter kann ich mich nicht konzentrieren. Geht das für euch in Ordnung?«, konterte er witzig und zog sie zu sich hoch, damit er sie zum gedeckten Tisch geleiten konnte.

Sie taten sich gütlich an den hergeschafften Speisen und unterhielten sich über Gott und die Welt. Zwar hatte William sich erfolgreich gegen die meisten Entwicklungen der allgemeinen Lebenserleichterung wie Strom, Autos und dergleichen gewehrt, aber er war durchaus nicht ungebildet und hatte viel gelesen. Er war nicht dort stehen geblieben, sondern war informiert. Als sie satt waren, stand er auf, ging zu Kamin und goss zwei Tonbecher mit Whisky voll. Er reichte einen an Katrina, die daran schnupperte und ihn leicht argwöhnisch ansah. Es war nicht irgendein Lebenswasser, dessen Aroma ihr entgegenströmte. Es war *ihr* Lebenswasser. *Glen Moray*, leicht und hell, ohne jeden Torfgeruch.

»Darüber wird zu reden sein, mein Lieber«, zwinkerte sie ihm zu und nippte.

Wohlig rollte der Whisky ihr durch die Kehle und sie spürte die Wärme, die sich in ihrem Magen breitmachte, obwohl dort nach dem üppigen Mahl nicht mehr allzu viel Platz sein dürfte.

Sie sah ihn lange an, und auch er hatte sie fixiert. Dann fragte sie:

»Erzählst du mir von dir und Caithriona?«

22

»Komm«, William stand auf und ging zu Katrina, brachte sie zum Bett und legte sich darauf. Er winkte sie zu sich. Sie kam und schmiegte sich an ihn, legte den Kopf in seine Achselbeuge und hörte ihm zu:

»Alexander war ein gesundes Baby, aber wie bei jedem Säugling kannst du nicht sehen, ob es dir oder deiner Frau ähnlich sieht, und zu meiner Schande muss ich gestehen, dass ich nach Anhaltspunkten suchte, dass dieses Kind auch meine Gene tragen würde. Ich

versuchte das vor Caithriona zu verbergen, aber ich glaube, sie war feinfühlig genug, um es zu bemerken. Sie nahm ihn oft in einem breiten Tuch, das sie sich um Schulter und Hüfte band, mit zu ihren Malplätzen und verbrachte dort Stunden. Eines Tages kam sie nicht wie sonst heim in die Burg. Ich ritt also all ihre Plätze ab, um sie zu suchen. Natürlich war es der letzte, an dem ich wenigstens die Staffelei fand. Sie war umgekippt und die Farben lagen verstreut im Gras. Von meiner Frau fehlte jede Spur. Sie war entführt worden. Mit Fährtenleser und einigen Getreuen machte ich mich auf die Suche und schnell stellte sich heraus, wer sie hatte.

Dieser Bastard Sommersby hatte gehört, dass sie schwanger war und dass sie sein Kind zur Welt gebracht hatte. Einen Jungen. Einen Jungen von dieser Schönheit. Er war besessen. Er glaubte wirklich ein Anrecht auf mein Kind zu haben und mir meine Familie zu entreißen.

Ich glaubte mich stark genug und schickte meine Gefährten heim, als Stonehaven in Sicht kam. Sommersby fühlte sich sicher und ich sah ihn mit Caithriona und dem Baby auf der Klippe, an der du letztens beinahe gestürzt wärst, spazieren gehen. Sie waren allein, also preschte ich in vollem Galopp auf sie zu und sprang kurz vor ihm aus dem Sattel. Ich war wütend und ich stellte ihn zur Rede.

Wir zogen beide unsere Schwerter und ich winkte Caithriona hinter mich. Sie hielt das Kind im Arm und befand sich endlich in meinem Rücken, sodass ich sie mit meinem Körper schützen konnte. Ich war so auf diese üblen Bastard fixiert, dass ich auf die Gegebenheiten nicht geachtet habe. Wir kämpften und kamen dem Klippenrand immer näher.

Sommersby traf mich an der Schulter und ich stolperte rückwärts. Ich hatte keine Ahnung, dass meine Frau so nah hinter mir stand. Ich stolperte in sie hinein und drehte mich gerade noch zu ihr um, als der Klippenhang zu brechen begann. Sie warf mir das Kind förmlich zu und stürzte in die Tiefe.«

William starrte in den Raum, und Katrina war sich sicher, dass er sie abstürzen sah. Er sah wieder ihr ungläubiges Gesicht und er bewunderte ihre Geistesgegenwart, beider Sohn zu retten.

Katrina kuschelte sich näher an ihn und legte ihren Arm über seine Brust. Sie wollte ihn festhalten, sie wollte ihm Trost geben. Will spürte ihr Drängen, ihn zu stützen, und es war ihm recht. Es fühlte sich gut an, nicht mit seinen Erinnerungen allein zu sein.

»Alexander konnte ich retten, meine liebe Frau verlor ich und dann stach mich dieser verdammte Engländer nieder. Feige, von hinten in den Rücken, während ich gelähmt vor Entsetzen auf die leere Klippe starrte. Er entriss mir das Kind und verschwand schutzsuchend hinter den verfluchten Mauern von Dunnottar Castle. Mich ließ er schwer verletzt auf der Klippe liegen und überließ mich den Rabenvögeln. Vielleicht hoffte er auch, ich möge die Kraft haben, meiner Frau von der Klippe hinterherzuspringen. Aber ich konnte mich nicht rühren und lag hilflos dort im Gras, an der Stelle, an der du gestanden hattest, und wartete sehnsüchtig auf den Tod.

Des Nachts kam jemand mit einem Karren und lud mich auf, an mehr erinnerte ich mich nicht, bis ich nach zwei Wochen in dem Schäferkoben wieder zu mir kam.«

Katrina wandte ihm das Gesicht zu und sah ihn an. Er schaute auch sie an und sah in ihren Augen die Frage: *Wer bist du, William Duff?* Katrina hielt den intensiven Blickkontakt nicht aus. Sie legte ihren Kopf auf seine Brust. Sie wusste instinktiv, dass sich ein Kreis langsam schloss, und sie wusste genau so, dass sie auf irgendeine Weise damit zu tun hatte.

»Nein, ich will es nicht wissen, noch nicht. Bitte erzähl weiter«, forderte sie ihn leise auf.

Will strich ihr vorsichtig über das Haupt, um ihre Verletzung nicht zu berühren, und ließ seine Hand auf ihre Wange gleiten. Sie fühlte sich so weich und zart an, so warm und bekannt. Obwohl ihm klar war, dass ihm dieser Körper eigentlich so fremd war wie der von Queen Elisabeth. Und doch war da etwas unter der Hülle, das ihn ansprach. Wärme breitete sich in seinem Herzen aus und er wollte von diesem ganzen Leib Besitz ergreifen. Oh Gott, dachte er, ich muss das ausschalten.

Was sollte sie von ihm denken, wenn sie spürte, dass sein Verlangen nicht nur auf ihre Akzeptanz des Verstandes, sondern auch auf Körperlichkeit abzuzielen schien? Das hatte er schon eine Ewigkeit nicht mehr empfunden und erlebt. Er versuchte ein wenig von ihr abzurücken, ohne dass sie sich abgewiesen fühlte.

Er räusperte sich kurz und setzte seine Erzählung fort:

»Die Frau des Schäfers war eine Kräuterfrau, man sagte auch Heilerin. Sie reinigte die tiefe Stichverletzung, nähte die Wunden an Schulter und Rücken und pflegte mich. Als ich nach zwei Wochen mit Fieberschüben durch die schweren Entzündungen das erste Mal die Augen öffnete, sah ich in das sorgenvolle Gesicht von Moirra, so hieß sie. Sie hatte Tag und Nacht um mein Leben gekämpft, hatte nichts unversucht gelassen, mich zu retten. Kräuter, Maden, Gebete, alles hatte sie angewandt, wie mir ihr Mann Angus später berichtete, als er mir das Schäferhandwerk beibrachte.

Bis dahin gingen allerdings noch einige Wochen ins Land und obwohl Moirra nicht mehr die Nächte an meinem Lager verbrachte, hatte sie dennoch viel zu tun, um mich körperlich wieder aufzupäppeln. Ich war schwach geworden. Mir gelang es zuerst nicht einmal zu stehen und ich musste langsam alles wieder lernen, was für gesunde Menschen selbstverständlich ist. Die Rippen schmerzten ewig lang und immer bekam ich einen gewaltigen Stich, wenn ich zu tief einatmete. Doch Moirra gab mich nie auf, und auch Angus, obwohl ich ihn öfter kopfschüttelnd abwinken sah, als wenn er ein krank geborenes Lamm aufgeben wollte, verzagte nicht.

Als ich wieder bei Kräften war und meinte, ich könne nach Morthlach zurück und mit Verstärkung wieder herkommen, um meinen Sohn aus den Klauen des Engländers befreien, nahm mich Moirra zur Seite und erzählte mir etwas Unglaubliches.«

»Was hat sie erzählt, sag schon.« Katrina hob den Kopf und sah William erwartungsvoll an.

Die Geschichte war traurig, schön, spannend und von William exklusiv für sie erzählt. Besser als jedes Hörbuch, das sie jemals genossen hatte.

William wusste, dass es jetzt brenzlig für ihn werden könnte, denn eine Frau aus dem zwanzigsten Jahrhundert für das Gedankengut des siebzehnten Jahrhunderts zu sensibilisieren, war schier unmöglich. Er musste sich selbst gegenüber ja zugeben, dass vieles von damals widerlegt und als Märchen abgetan war, aber er kam nun einmal aus dieser Zeit und das musste er ihr schonend beibringen. Also schickte er erklärend voraus:

»Du bist schon so oft in Schottland gewesen und hast dir viel angeschaut und, wie ich dich einschätze, auch viel angelesen, oder?«, fing er an und fuhr fort, ohne eine Antwort abzuwarten:

»Aus der Mythologie unseres Landes hast du bestimmt in Erinnerung, dass wir Schotten und besonders die Highlander sehr abergläubisch waren. Feen, altes Volk, all das. So wird es dich also nicht verwundern, dass Moirra zu den weisen Frauen zählte. Diese Frauen hatten seherische Fähigkeiten und waren spirituelle Wesen, in irdische Körper gebannt, könnte man sagen. Auch gehörte Moirra einer Gemeinschaft an, die die Zeremonien der Vorzeit – Druiden, sagt dir bestimmt etwas – pflegten. Sie war eine Ruferin.

Moirra schickte voraus, dass Caithriona am späten Nachmittag des 14. Juni 1716 von der Klippe gestürzt und ihr toter Leib von der See genommen worden war, sie jedoch noch auf der Suche sei.

Das Todesdatum hatte ich vergessen, alles, was mit diesem Tag zusammenhing, hatte mein Todeskampf aus meinem Gedächtnis getilgt.

Die Schäferin holte alles wieder aus dem Unterbewusstsein hervor. Sie erzählte mir:

›Der Tod kam für deine Frau so plötzlich, unerwartet und unverschuldet, dass ihre Seele sich nicht in das Schicksal der Ewigkeit ergeben hatte.‹ Sie werde sich einen neuen Körper suchen, denn sie habe noch Dinge auf der Erde zu erledigen.

›Da war das Kind, das sie geboren und niemals freiwillig verlassen hätte, und da warst du, den sie von Herzen liebte. Sie wollte zu euch zurück. Aber, mein Junge‹, sagte sie und streichelte mir mit ihrer rauen, von Arbeit gezeichneten Hand über die Wange, ›Seelen können lange unterwegs sein, bis sie sich niederlassen – und da ist das Problem.‹

Moirra hatte sie gesehen. Aber das Bild kam ihr seltsam vor. Die Frau, die an der Absturzstelle stand, hatte Beinkleider an. Sie war blond und ebenfalls groß, aber sie war nicht mehr ganz jung, hatte sie mir gesagt. Und noch etwas verstand sie nicht, teilte sie mir mit: ›Sie ist eine Fremde. Sie ist nicht von hier, William.‹«

23

Katrina rückte etwas von William ab und setzte sich aufrecht hin. Natürlich hatte sie über die Feenwelt, über Wechselbälger und so weiter gehört und auch schon von Seherinnen gelesen, die kamen ja nicht nur in Schottland vor. Selbst die alten Germanen hatten sich auf diese Frauen verlassen, wenn sich Krisen ankündigten. Auch gab es diverse Religionen, in denen bis heute an Seelenwanderung geglaubt wurde oder in denen sie sogar Hauptbestandteil war. Aber nie im Leben hätte sie damit gerechnet, dass ihr gleich alles auf einmal begegnete.

William, der spürte, dass sie gerade an ihre rationalen Grenzen kam, stand auf und ging zum Kamin, um noch einmal Holz nachzulegen. Er winkte mit der Whiskyflasche: Ob sie auch noch einen Schluck haben wollte? Sie wollte. Darauf musste man erst einmal was Härteres trinken als den üblichen Tee.

»Glaubst du das alles, was du da erzählst?«, fragte sie ihn, unsicher, wie sie selbst im Augenblick dazu stand.

»Katrina«, er wandte sich um und kam mit den gefüllten Tonbechern auf sie zu. »Ich *glaube* es nicht … Es ist mir genau so passiert. Glaub es oder lass es. Ich für meinen Teil weiß, dass sie wahr gesprochen hatte.« Er setzte sich auf die Bettkante am Fußende. Er saß dort eine Weile schweigend und nach vorn gebeugt wie ein abgestellter Seesack. »Katrina, niemand hat mir deinen Geburtstag genannt, aber ich wusste, wann er war, weil ich wusste, dass du Caithrionas Seele trägst, von dem Tag an, als ich dich von der Klippe fortzog.« Nach einer kleinen Pause drehte er sich zu ihr und sah ihr fest in die Augen. »Ich habe so lange auf dich gewartet, ich hatte schon fast aufgegeben. Wie oft dachte ich, wie leicht es wäre, einfach in den Abgrund zu stürzen. Dann wäre diese endlose Suche endlich vorbei! Glaub mir, Katrina, es gibt leichtere Aufgaben im Leben. Hätte ich nicht einen wirklich guten Grund gehabt auszuharren und Ausschau zu halten, ich wäre eines Tages gesprungen.« Er wandte sich wieder von ihr ab und ihr war, als wollte er sich am liebsten vergraben.

Katrina sah sein trauriges Gesicht und seine Verzweiflung. Er machte es ihr aber auch nicht gerade leicht. Diese haarsträubende Geschichte war alles andere als logisch und glaubhaft. Doch seine Zerrissenheit und sein Herzschmerz gingen ihr nahe. Sie hätte ihn am liebsten tröstend in ihre Arme geschlossen und seine traurigen Züge weggeküsst.

Nun war sie schon so weit mit ihm in diese Erinnerung getaucht, dass sie weiter hören wollte, was nach Moirras Offenbarung geschah, also ermutigte sie William, sich wieder zu ihr zu legen.

»Will, ich kann nicht gerade sagen, dass ich allwissend bin, auch bin ich überfragt, ob es so etwas tatsächlich geben könnte. Andererseits hast du recht mit einigen Details, die vielleicht im kompletten Zusammenhang Sinn machen. Also bitte erzähl mir die ganze Geschichte, ja?«

Er stöhnte leise auf und es dauerte, bis er sich aufraffte zu sagen: »Ach, Katrina. Bisher könnte es ein Märchen sein, bei dem das schöne Ende fehlt … Aber es kommt noch viel schlimmer. Du würdest am Ende tatsächlich denken, ich wäre ein drogenabhängiger Irrer. Und weißt du, ich bin so froh, dich gefunden zu haben. Ich will dich nicht mit dieser Horrorgeschichte gleich wieder verlieren«, schloss er und sie spürte, dass er nicht viel tiefer hätte fallen können. Er war so nah am Abgrund seiner Selbstaufgabe, dass sie instinktiv tat, was ihr der Kopfmensch

Katrina in allen sonstigen Lebenslagen untersagt hätte: Sie krabbelte über das Bett zum Fußende, auf dem er immer noch zusammengesunken saß, schlang ihre Arme um ihn und hob sein Gesicht am Kinn zu ihr hoch. Sie sah ihn mit ihrer ganzen Liebe an und dann berührten ihre Lippen die seinen. Zunächst nur leicht, hauchzart, dann fand sie den Mut, ihre Zärtlichkeit an ihn weiterzugeben. Fordernd und auf ein Lebenszeichen von ihm hoffend, wurde sie energischer, und plötzlich hatte sie seinen Kummer gebrochen. Er ergriff den Strohhalm, den sie ihm bot, und entlockte ihr seinerseits alle Hingabe, die ihr möglich war. Als wäre es für sie das erste Mal, konnte es keiner von beiden mit der Routine des Alters, in dem sie waren, abwarten, den anderen mit allen Sinnen zu erforschen. Kleidungsstücke flogen achtlos vom Bett und beide waren ihrer sinnlichen Leidenschaft bedingungslos ausgeliefert. Sie waren bereit, eine Verbindung einzugehen, von der sie beide gedacht hätten, dass sie weit über die Grenze solcher Liebesbeweise hinweg waren. Am Ende dieser fast himmlischen Erfüllung aller auf dem Lebensweg verloren geglaubten Gelüste und Wünsche nach Körperlichkeit lagen sie eng umschlungen unter der wärmenden Decke aus kariertem Wollstoff und waren für den Moment unendlich glücklich.

24

William, der es gewohnt war, mit den Hühnern aufzustehen, stahl sich mehr unwillig aus Katrinas zarter Umklammerung, aber die Natur forderte ihr Recht. Er verließ die Hütte und pinkelte ausgiebig gegen den nächstbesten Baum. Dann ging er zum Brunnen, zog den Holzeimer hoch und kippte sich das eiskalte Wasser über den Kopf. Er wiederholte die schaurige Prozedur und füllte den Eimer erneut, um ihn mit in die Hütte zu nehmen. Er entfachte ein Feuer, die Glut der Nacht war bereits lange erkaltet, und setzte den Kessel auf, damit Katrina sich warm waschen konnte, wenn sie erwachte. Dann suchte er seine Kleidung zusammen und zog sich an.

Während er die übrig gebliebenen Esswaren wieder auf den Tisch brachte, rührte sich Katrina im Bett und öffnete ihre Augen. Er ging zu ihr und küsste ihr scheu auf die Stirn.

»Guten Morgen, *mo aingeal*«, hauchte er ihr liebevoll entgegen und plötzlich hätte Katrina am liebsten geschrien.

Mit einem Streich war sie wach und ihr Puls schlug aus.

»Was«, fuhr sie ihn an und William erschrak, als hätte er gerade einen Geist gesehen.

»Sag das noch mal ... sag das noch mal.« Ihr wurde heiß und kalt und ihr Kopf schien explodieren zu wollen.

William, der als Erstes an die vergangene Nacht dachte und glaubte, sie würde im Nachhinein über sie beide schockiert sein, fragte beklommen:

»*Was* soll ich noch einmal sagen?«

»Na, dieses Kauderwelsch von vorhin«, immer noch schwang Aufregung in ihrer Stimme und Will musste sich konzentrieren.

»Ich habe ›Guten Morgen, *mo aingeal*‹ gesagt, glaube ich«, versuchte er seine liebevollen Worte der ersten Begrüßung zu rekonstruieren.

»Ja, Will, das hast du gesagt.« Damit schlug sie die Bettdecke zurück, stieg aus dem Bett und stand splitternackt vor ihm.

»William Duff, ich weiß, dass du dieses eine Wort, *aingeal*, schon in deiner Erzählung gebraucht hast, aber noch nie sooo ...« Als sie gewahrte, dass sie nackt vor ihm stand, kam ihr der Gedanke, die Bettdecke an sich zu reißen, um sich damit zu bedecken, doch nach der vergangenen Nacht verwarf sie diese Eingebung als albern. Sie hatte mit diesem Mann geschlafen und dafür schämte sie sich kein bisschen. Vielleicht fand er es befremdlich, dass sie sich hingegeben und noch dazu die Initiative ergriffen hatte. Vielleicht hielt er sie für eine leichte Frau, aber das war sie nicht und das war sie nie gewesen. Sex war ihr nie wirklich wichtig, obwohl sie durchaus dafür empfänglich war. Er stand nur nicht ganz oben auf ihrer Prioritätenliste. Sie hoffte, er würde ihr Verhalten nicht falsch verstehen.

»Katrina, was habe ich nun schon wieder gemacht, dass du so aufgebracht bist?«, fragte er ganz ruhig, um auch ihr seine

Ruhe zu vermitteln. »Ich habe nur *mo aingeal* gesagt, das ist nett gemeint und heißt ›mein Engel‹.«

»*A diobhail ... Téigh i dtigh diabhail*«, kam es aus ihr heraus, ohne dass sie die Worte hätte bremsen können, die sie selbst ja gar nicht kannte, da sie überhaupt kein Gälisch konnte.

Jetzt war auch in Williams Gesicht Alarmstufe Rot. Er glaubte sich gerade verhört zu haben. Und doch hatte Katrina ausgesprochen, was Caithriona ihm immer auf das zärtliche *mo aingeal* geantwortet hatte, um ihn zu necken, aber der Nachsatz erschreckte ihn viel mehr, als er sich je eingestehen würde. Oder?

Sie standen sich gegenüber, stumm vor Ergriffenheit.

Katrina rührte sich zuerst. Sie schlang ihre Arme um sich, weil ihr ein kalter Schauer über den Rücken lief. Schlimmer noch, sie fühlte sich, als würde in Kürze der komplette Zusammenbruch ihrer körperlichen Statik bevorstehen. Bevor dies jedoch geschehen konnte, hatte William sie fest im Griff und drückte sie an sich. Erst als er die warme Feuchtigkeit ihrer Tränen durch sein Hemd auf seine Haut sickern spürte, löste er seine Umarmung ein wenig, sodass er zu ihr heruntersehen konnte.

Sein Blick traf ihre tränenverschleierten Augen, die die Farbe eines tiefen Bergsees angenommen hatten, und er küsste sie abermals sanft auf ihre Stirn, drückte sie zart an seine Brust zurück und redete beruhigend auf sie ein:

»Alles gut, mein Mädchen, alles gut. Ich habe dir Wasser warm gemacht und du kannst dich in aller Ruhe frisch machen und ankleiden. Es wird alles gut, Katrina ... Nichts passiert.«

Nach einer Weile hatte sie sich gefangen und löste sich von William. Sie ging wie in Trance zu der vorbereiteten Waschschale, zog sich an und schüttelte ihren Kopf, um ihr verwirrtes Oberstübchen zu richten. Endlich vollends zur Besinnung gekommen, brauchte sie dringend Nikotin.

Sie hatte vor Jahren das Rauchen aufgegeben, aber in der ersten Zeit nach Daniels Tod hatte sie wieder angefangen und so viel geraucht, dass sie beschloss, das üble Laster auf wirkliche Ausnahmesituationen zu beschränken. Daher hatte sie immer eine Schachtel von diesen Notnägeln in der Handtasche, versuchte aber einen großen Bogen um sie zu machen. Aber nun hatte sie Not. Also kramte sie wie automatisch in ihrer Tasche herum, fand die Packung und ein Feuerzeug, nestelte nervös eine Zigarette heraus und ging zum Esstisch. Sie ließ sich auf die Bank fallen und zündete sich die Zigarette an. Sie war zu der Erkenntnis gekommen, dass es sich jetzt gerade ganz deutlich um eine sehr ernst zu nehmende Ausnahmesituation handelte. Also nahm sie einen tiefen Zug und blies den Rauch kräftig aus. Dann landete ihr Blick bei William, der sie offensichtlich schon eine Weile lang sehr interessiert beobachtet hatte und nun einen eher verdutzten Eindruck auf sie machte.

Entschuldigend und ein wenig beschämt griente sie ihn an und meinte mit einem vielsagenden Blick auf den Glimmstängel:

»Tut mir leid, aber ab und zu brauch ich das zur Beruhigung. Keine Angst, ich hab es mir schon fast wieder abgewöhnt.«

»Nun, wenn es hilft«, er zuckte mit den Schultern und ging zum Wasserkessel.

»Tee?«

»Ja bitte, William, und wenn es dir nichts ausmacht, tu einen ordentlichen Schluck Whisky mit hinein«, ließ sie ihn wissen.

Er wandte sich wieder dem Wasserkessel zu und musste schmunzeln. Diese Frau war herrlich.

Sie teilten sich die Überreste vom Abend, und als nichts mehr übrig und beide satt waren, lehnten sie sich zurück und fingen fast gleichzeitig an zu sprechen.

»Das war sie ... Entschuldigung, du zuerst«, wollte Katrina William den Vortritt lassen, der sofort erwiderte: »Nein, nein, bitte sag du ...« Als sie sich endlich geeinigt hatten, fragte Katrina also:

»Das war Caithriona, die durch mich gesprochen hat, oder nicht? Ich habe gespürt, dass da jemand war, der sich für den einen kurzen Moment in den Vordergrund drängte.«

»Ich weiß nicht, wie das vor sich geht, Katrina. Ich weiß auch nicht, wie es sich für dich anfühlt ... Aber ja, das hat sie immer zu mir gesagt, wenn ich sie ›Engel‹ nannte. Dann nannte sie mich ›Teufel‹.« Er machte er eine kurze Pause und ergriff über den Tisch hinweg ihre Hand, ließ sie aber bald wieder los.

»Es tut mir so leid, wenn es dich derart belastet. Ich hatte gedacht …« Er unterbrach sich, weil er sich nicht sicher war, wie er es ausdrücken sollte, und sie ihre Brauen fragend nach oben zog.

Sie hatte ihre Fersen auf die Sitzfläche hochgezogen und saß mit um die Knie geschlungenen Armen auf der Bank. William nahm das einigermaßen erstaunt zur Kenntnis, nicht weil er das Benehmen anstößig fand, sondern weil es ihn beeindruckte, dass sie sich trotz ihrer Größe auf dieses Minimum falten konnte. Er freute sich über diese Ungezwungenheit.

»Was hattest du gedacht?«, holte sie ihn ins Gespräch zurück.

»Nun, ich hatte gedacht, dass du nur eins bist, eine Seele oder ein … Ach, ich weiß nicht, wie ich das sagen soll«, brach er erneut ab.

Katrina dachte darüber nach und begann zu ahnen, was es mit ihrer Gespaltenheit, die sie immer schon gefühlt hatte, vielleicht auf sich hatte.

»Will, ich bin Zwilling … Ich lebe schon mein ganzes Leben lang mit dem Gefühl, dass sich da manchmal jemand in mir regt, aber ich wusste bisher ja nicht, wer es war. Es gehörte zu mir wie meine Arme und Beine«, versuchte sie es zu veranschaulichen. »Jetzt hat die andere Frau eben einen Namen. Ich werde es überleben«, lächelte sie ihn an.

25

»Wann müssen wir eigentlich diese nette Jagdhütte räumen?«, fragte sie ihn beiläufig.

»Wir müssen sie nicht räumen, sie gehört mir«, antwortete William und hoffte, dass er Katrina noch ein bisschen für sich haben konnte, bevor sie wieder zu Mary in die Zivilisation reiste. Er war sich völlig im Unklaren, ob ihre gegenseitigen Entdeckungen Zukunft hatten. Eigentlich dachte er eher an Vergangenheit, denn dahin wollte er ursprünglich ja mal zurück. Doch er genoss diese magische Zeit und er musste sich eingestehen, dass die letzte Nacht nicht spurlos an seinem Ego vorbeigegangen war. Lange hatte er einen weiblichen Körper neben sich vermisst. Eine Ewigkeit, wenn er richtig nachdachte, denn seine letzte Frau war Caithriona gewesen.

»Oh, schön. Wenn es dir dann recht ist, rufe ich bei Mary an und sage ihr, dass ich erst morgen zurückkomme. Wäre das für dich in Ordnung? Es ist so schön … rustikal hier«, grinste sie ihn an und er war augenblicklich glücklich.

Während sie Marys Nummer in ihren Kontakten des Handys suchte, plauderte sie fröhlich weiter:

»Es ist ja nicht so, dass ich da nicht böse Hintergedanken habe.« Sie bemerkte, wie sich seine Brauen hoben. »Du schuldest mir den Rest dieser unglaublichen Geschichte«, zwinkerte sie ihm zu.

Wills Magen schien versteinern zu wollen, weil die Angst in ihm hochkroch, dass der Rest der Geschichte vermutlich noch schwerer zu vermitteln war als das Bisherige. Er wollte nur noch Zeit gewinnen und sann über Möglichkeiten nach, wie er Katrina noch ein paar Stunden ablenken konnte, doch da kam ihm diese praktisch veranlagte Frau zuvor.

»So, mein Lieber, Mary weiß Bescheid«, sagte sie und humpelte mit einem Schuh am Fuß und den anderen noch in der Hand haltend durch den Raum zum Bett. »Und wir beide müssen ja wohl für ein bisschen Nachschub«, dabei wies sie auf die leeren Teller auf dem Tisch, »sorgen, damit wir, und besonders du, unseren Energielevel aufrecht erhalten. Ach, und wenn wir sowieso schon unterwegs sind, könntest du mir ja auch die Malplätze von Caithriona zeigen. Ich bin sehr gespannt, ob ich die gleichen gewählt hätte.«

William, dessen Knoten im Bauch sich schon wieder in Auflösung befand, war froh über ihre Planung und machte sich ebenfalls daran, Stiefel und Mantel überzuziehen, als Katrina ihn schon wieder mit Fragen bombardierte.

»Sag mal, gibt es eigentlich noch Bilder von ihr?« Sie korrigierte sich gleich, um keine Missverständnisse aufkommen zu lassen: »… ich meine, die sie gemalt hatte?«

»Nay, ich denke nicht. Die sind bestimmt mit dem ruinösen Verfall der Burg untergegangen.« Kaum hatte er das ausgesprochen, hoffte er schon, dass Katrina nicht auf die Idee kam, einzuhaken, weil ihr die Zeitspanne suspekt vorkommen musste.

Aber sie galoppierte darüber hinweg und hatte schon wieder eine neue Idee.

Da fiel ihm ein, dass sie schon nicht über den Todestag von Caithriona gestolpert war. Sie schien diese Lebensgeschichte nur amüsant zu finden und zu konsumieren wie einen einfachen Highlander-Roman.

In ihm sank die Hoffnung, dass sie begreifen würde, was sich tatsächlich abspielte. Dem widersprach jedoch die vergangene Nacht, die sie ihm mit ihrer Zärtlichkeit geschenkt hatte. Sah man davon ab, dass die Motivation vielleicht Mitleid gewesen sein könnte, stand doch felsenfest fest, dass eine sechzigjährige Frau nicht unbedingt von unbändigem Verlangen nach Körperlichkeit getrieben war. Er konnte sich keinen Reim auf ihre Gelassenheit machen. Alles hätte er erwartet, nur nicht diese analytische Recherche, die sie sich anscheinend vorgenommen hatte, um sein Leben systematisch aufzubrechen und zu widerlegen.

Ihm dünkte, als hätte sie die Herausforderung eines Strategiespiels aufgenommen und würde ihren Feind studieren, um ihn mit eigenen Waffen schachmatt zu setzen.

Auf keinen Fall würde er sich seine Beklommenheit anmerken lassen, jetzt, wo er glaubte, sie durchschaut zu haben.

»Wärst du damit einverstanden, noch einmal zur Ruine zu fahren? Ich würde so gern in dem Informationshäuschen stöbern gehen«, sprach sie ihn an und er versuchte so gelassen wie möglich auf sie einzugehen. Er nahm den Kampf an und es ging um sein Leben, also war er bereit, es ihr mit allem zu beweisen, was ihm zur Verfügung stand.

»Aye, das können wir machen. Aber bitte alles mit der Ruhe, einverstanden? Du hast es hier mit einem älteren Herrn zu tun, der nicht durch die Gegend gescheucht werden kann, als gäbe es kein Morgen. Ich bin Schäfer, kein Marathonläufer, aye«, versuchte er ihren Unternehmungsgeist etwas einzudämmen, nahm aber mit einem Schmunzeln wahr, dass das nur bedingt klappte, denn bejackt kam sie auf ihn zu, schlang einen Arm um seine Taille und zog ihn aus dem Haus.

Er brachte sie zum Auto und wandte sich um, um ihren Rollstuhl zu holen, denn seiner Meinung nach wäre die Lauferei, die sie anscheinend für den heutigen Tag in Planung hatte, eher müßig zu bewältigen.

Doch sie hielt ihn mit fröhlichen Worten auf und beschied ihm, dass ihr Gehstock und er völlig ausreichen würden.

Also ließ er das Gefährt, wo es war, schickte ein kurzes Stoßgebet zum Himmel, dass sie nicht stürzen möge, und stieg zu ihr ins Auto.

Sein virtuelles Schachbrett stand bereit und sie konnte nicht wissen, dass er dieses Spiel einst liebte und wirklich gut beherrschte. Er wartete also auf ihren ersten Zug.

26

Der Tag war wirklich schön. Die Junisonne hatte die Luft bereits gewärmt. Das helle Grün der Getreidefelder und Wiesen harmonierte wunderbar mit dem bereits dunklen Blattwerk der Laubbäume und dem noch dunkleren Grün der Nadelgewächse.

Zuerst machten sie ihre Besorgungen im Supermarkt, damit sie sich abends in der Jagdhütte ein Nachtmahl genehmigen konnten. Da auch noch Wochenmarkt in Dufftown war, ließ Katrina auch noch das ein oder andere Obst in den Warenkorb wandern, den William wie eine Dienstmagd hinter seiner Herrin hertrug. Er musste jedes Mal schmunzeln, wenn sie noch eine Leckerei fand, die sie anscheinend als überlebenswichtig betrachtete und dem bereits reichlich gefüllten Einkaufskorb hinzufügte. Endlich schien sie ihren Sammlertrieb ausgelebt zu haben und sie trugen ihre Errungenschaften zum Auto. Alles im

Kofferraum verstaut, war die erste Hürde geschafft und sie sah ihn über das Fahrzeug hinweg fragend an.

»Sind sie weit?«

»Was ist weit?«, fragte er herausfordernd.

»Die geheimen Plätze von Caithriona. Sind sie weit weg? Ich frage das, weil ich wissen will, ob wir das Auto brauchen oder ob wir es zu Fuß schaffen«, erklärte sie.

»Oh«, antwortete William. »Vielleicht sollten wir zum Castle hinauffahren und dort das Auto auf dem Parkplatz parken. Von dort aus sind sie gut zu erreichen, ohne dass du auch noch in den Ort zurücklaufen musst. Deine Entscheidung.«

»Also gut, dann lass uns fahren«, entschied sie und stieg auch schon ein.

Sie brachten die kurze Strecke hinter sich und ließen das Auto also auf dem Schloss-Parkplatz stehen.

William nahm Katrina fast schon gewohnheitsmäßig an seine Seite und hakte ihren Arm bei sich ein, um sie beim Gehen zu unterstützen.

Katrina empfand diesen Automatismus als die schönste Geste, die Will ihr entgegenbringen konnte. Es kam ihr vor, als hätten sie schon Ewigkeiten miteinander verbracht. Das Einzige, woran sie etwas zu mäkeln gehabt hätte, wäre ihr organischer Zustand, den er kaum berücksichtigte. Bei dem Gedanken fiel ihr mal wieder auf, dass sie sich erst erleichtern müsste, bevor sie sich auf den Spaziergang zu den Malplätzen begaben.

Wie eigentlich überall in Großbritannien gab es auch an diesem Parkplatz eine öffentliche Toilette, und auf die steuerte sie Will zu.

Er begriff sofort und sah sie nur fragend an, als sie an dem Toilettengebäude ankamen, was für sie so viel heißen sollte, ob sie zurechtkäme. Sie nickte und verschwand.

Als Katrina nach einer gefühlten Ewigkeit nicht erschien, wurde William unruhig. Zwar war diesen Klohäuschen ja nicht so klein, aber verlaufen würde man sich dort wohl nicht können. Er beschloss, wenigstens mal hineinzurufen:

»Katrina? Geht es dir gut?«

»Hmpf«, kam es zurück, aber die Stimme schien entfernt zu sein.

»Was ist mit dir? Katrina, bist du gestürzt, brauchst du Hilfe?«, fragte William erneut, weil ihm die leise Antwort, wenn man es denn Antwort nennen wollte, unheimlich vorkam.

Wieder kam nur ein völlig abwesendes »Nö« zurück und das reichte aus, um alle Vorbehalte, die Intimsphäre eines Menschen zu stören, in Luft aufzulösen. Er war sich sicher, dass in der ganzen Wartezeit keine andere Frau die Toilette betreten hatte, und ging hinein.

Es gab einen hellen Waschraum, der mit einigen bemalten Fliesen in der ansonsten klinisch weißen Wand geschmückt war. Die Bildchen zeigten Szenen aus den Highlands des achtzehnten Jahrhunderts. Sehr romantischen Szenen, wie er fand, denn aus eigener Erfahrung wusste er, dass das Leben in der Zeit durchaus seine Tücken hatte.

Dann stand er vor einer Tür und musste sich ein Herz fassen, diese zu öffnen, denn offensichtlich befanden sich dort die Aborte. Als er die Tür vorsichtig öffnete, sah er Katrina nicht wie erwartet auf dem Boden liegen. Sie stand im Gang, von dem fünf Zellentüren abgingen, und betrachtete kleine Bilder. Sie war geradezu in die Malereien versunken und völlig abwesend.

»Katrina?«, sprach er sie leise an, damit sie sich nicht erschreckte.

»Ja, William«, antwortete sie wie von weither.

Er wagte noch einen Schritt und betrat den Gang, in dem sie stand, nun vollends. Hinter ihm fiel die Klotür ins Schloss und er zuckte zusammen. Dann fiel auch sein Blick auf die Bilder, die an der ganzen Wand verteilt hingen, genauso wie die bemalten Fliesen im Vorraum. Als Dekorationen, um diesen Räumen die eigentliche Bestimmung nicht ansehen zu lassen.

Auch er war sofort gefangen, denn diese Bilder waren ihm durchaus bekannt.

Nun war Katrina doch aufgefallen, dass eine Person den Raum betreten hatte, und sie wandte ihren Kopf in die Richtung der Eingangstür.

»Oh, William«, sprach sie ihn überrascht an. »Was machst du denn hier? Ist das nicht ein wenig aufdringlich?«

Er sah sie mal wieder an, als wäre sie der Mann im Mond oder das letzte Einhorn.

»Katrina, ich warte schon eine Ewigkeit vor der Tür auf dich, ich dachte, es sei dir was zugestoßen, aber jetzt verstehe ich, warum du immer noch hier stehst und vor dich hinzuträumen scheinst.«

Er drehte auf dem Absatz um und verließ den Raum. Damit hatte er nicht gerechnet und ihm klopfte das Herz bis zum Hals. Diese Bilder hatte Caithriona gemalt und allem Anschein nach hatten sie tatsächlich die Jahrhunderte überdauert. Ihm wurde heiß und ihm wurde kalt und lieber würde er sich jetzt augenblicklich in Luft auflösen. Sein Magen krampfte leicht. Er hatte nicht erwartet, nach zweihundertfünfzig Jahren immer noch so sensibel auf Erinnerungsstücke zu reagieren. Aber was hatte er erwartet? Er war sich am Morgen noch so sicher gewesen, dieses Schachspiel gegen Katrina gewinnen zu wollen, und machte schon beim Anblick des Spielbrettes schlapp. Er hatte sie auf dieses Terrain haben wollen. Jetzt musste er da auch durch.

Endlich schien Katrina ihre Studien beendet zu haben und kam aus dem »Looe of the year 2013« – diese Plakette prangte jedenfalls für jeden sichtbar an der Tür.

»William, hast du die Bilder gesehen? Hast du die Signatur gesehen?«

Er hatte die Signatur nicht sehen müssen, um zu wissen, wer die Bilder erschaffen hatte.

»Nein«, antwortete er knapp, besann sich dann aber wieder auf seinen eigentlichen Vorsatz, alles ruhig anzugehen.

»Gefallen sie dir? Ich hätte nie im Leben vermutet, dass es noch ein einziges Bild von ihr gibt. Ich hätte auch niemals gedacht, dass man sie auf einer Toilette im einundzwanzigsten Jahrhundert finden würde«, griente er sie jetzt etwas gekünstelt an.

»Sie sind … sooo schön.«

Katrina senkte den Kopf und schaute auf ihre Hände, als

wenn die ihr eine Antwort auf die Frage geben könnten, ob sie mit ihnen auch ein so filigranes Werk hinbekommen hätte.

»Ich dachte die ganze Zeit, dass sie Landschaftsbilder gemalt hätte. Aber sie hat aus ihrer Fantasie heraus Szenen aus dem Leben der damaligen Leute gemalt. In einem so kleinen Format ist das eine Meisterleistung für die Zeit, denke ich.« Sie brachte das so überwältigt heraus, dass es nur ehrlich gemeint sein konnte.

»Ja, das Leben der Leute lag ihr am Herzen, und nicht nur das. Sie hatte für alles und jeden Verständnis und half, wo und wem sie konnte. Sie wollte es mit diesen Bildern festhalten … das Leben, meine ich«, erklärte er Katrina mit einer Hochachtung in seiner Stimme, die ihr fast das eigene Selbstvertrauen nahm. Aber Katrina verstand es nicht falsch. Sie hatte Caithrionas Geschichte ja schon gehört und war berührt von dieser Frau. Warum aber auch nicht, denn anscheinend hatte sich diese Frau ja ihren Körper geliehen oder sie zumindest wie ein Hausbesetzer mit eingenommen, als sie das Licht der Welt erblickte.

»Kein Wunder, dass du so lange nach ihr suchst. Du verehrst sie und du liebst sie immer noch.« Katrina drehte sich zu William um und sah in seine verklärten Augen, die wie verschleiertes, blaues Gletschereis anmuteten.

Der Schleier verschwand, als William nun auch Katrina direkt ansah

Sie sah genau das, was seine Stimme ihr schon mitgeteilt hatte: Liebe.

»Ja, ich habe sie geliebt. Mehr als mein Leben«, gab er zu. Das hatte er ja bereits in seiner Geschichte des Nachts getan; aber sie sah noch etwas ganz anderes und das brachte sie aus dem Gleichgewicht und sofort in die Gegenwart zurück.

»Da ist noch etwas, was mir eigentlich auch schon seit einigen Tagen klar ist.« Er sah, wie Katrinas Brauen in die Höhe schnellten und ihre Augen größer werden ließen.

»Ich weiß jetzt ganz bestimmt, dass es diese Frau, so wie sie war, nicht mehr gibt.« Er nahm ihre Hand, harkte sie wieder in seinen angewinkelten Arm ein und fragte Katrina nach ihrer weiteren Schatzsuche. Das virtuelle Schachbrett, das er aufgestellt hatte, fegte er in Gedanken mit der Hand vom Tisch und sah den dahinfliegenden Figuren nicht einmal im Traume nach.

27

Katrina kam zu dem Schluss, dass sie den Tagesordnungspunkt Malplätze von der Liste streichen konnte. Caithriona hätte diese Bilder an jedem x-beliebigen Ort malen können. Sie fand keine direkte Ähnlichkeit mit ihren eigenen Malereien. Was sie allerdings fand, war dieses innige Interesse an dem Volk, den Clansleuten oder wie auch immer sich das damals schimpfte. Vielleicht, so sinnierte sie weiter, hätte sie sich, wenn sie früher mit dem Malen angefangen hätte, auch an Gesichter und Personen herangetraut. Aber als sie in die Frührente entlassen wurde, waren Stillleben ihre erste Wahl gewesen. Wie auch immer, sie wollte sich nicht mehr dem Vergleich stellen und dachte, dass es Zeit war, sich mit William Duff zu beschäftigen. Es war ebenso Zeit, dem Ganzen einen etwas unbeschwerteren Anstrich zu geben, da ihr leichte Kopfschmerzen zuflogen, die sie nicht haben wollte. Was war denn mit ihr los, dass sie so körperlich reagierte? Entschlossen räusperte sie sich und sah wieder zu ihrem Begleiter hoch.

»Ich denke, wir lassen die Malplätze sausen und gehen gleich in das Informationshaus, wenn du Lust hast. Wenn nicht, gehen wir … nach Hause?«

»Aye, Mylady, wie es euch auch immer gefällt«, lächelte er.

»Na gut, du hast es so gewollt. Wenn ich schon einmal hier bin, ohne mich zu übergeben, lass uns kurz schauen, was es an Informationen gibt. Nur kurz und dann verschwinden wir, okay?«

Sie gingen also wieder in Richtung Ruine und bogen dann zu dem kleinen Museum ab.

Der Raum empfing sie mit hellem Licht und wirkte überhaupt nicht verstaubt oder überladen, sondern aufgeräumt und ordentlich strukturiert. In der Mitte des Raumes gab es tatsächlich ein Burgmodell, das aber warten musste. Bereits am Eingang prangten die ersten Geschichtstafeln. Angefangen mit den piktischen Gründungsvätern der Burg, den Dougals und den Jakobiten, versuchte Katrina tatsächlich den Schnelldurchgang. Das Kleingedruckte ließ sie aus, weil sie ihre Lesebrille nicht herauskramen wollte. Sie hatte William einen kurzen Durchgang versprochen und wollte sich auch daran halten. Das gelang gut, bis sie bei einer Art Kupferstich landete.

Wie schon auf der Toilette, hatte sie plötzlich so einen Anfall von Magnetismus. Anders konnte man es wohl nicht nennen, wenn man von etwas angezogen wurde und sich nicht lösen konnte.

Hilfesuchend schaute sie sich um. Wo war William? Erst als sie ihn in ihr Ohr flüstern hörte, wurde ihr klar, dass er die ganze Zeit hinter ihr gestanden hatte.

»Siehst du das hier?« Katrina zeigte auf die gestochene Zeichnung. Sie stellte einen jungen Mann im Alter von sechzehn oder achtzehn Jahren dar. Das hübsche Gesicht war noch nicht richtig männlich ausgeprägt, aber mit ein wenig Fantasie konnte man sich denken, dass da einst ein Frauenschwarm heranwachsen sollte.

»Ich bin dem Mann schon begegnet. Ich kenne das Gesicht … Ach Mensch, wo war das nur?« Sie drehte sich zu Will um und nahm für den Bruchteil einer Sekunde gerade noch wahr, dass er die Augen verdreht hatte, als sie sich zu ihm wandte.

»Was?«, fragte er entsprechend angespannt.

Katrina wurde argwöhnisch und drang mit ihrem Blick tiefer in die blauen Augen ihres Gegenübers ein. Währenddessen kramte sie in der Handtasche nach ihrer Lesebrille und verfluchte diese verdammte Tasche, in der man anscheinend sein ganzes Leben mit sich führte. Sie fand sie und setzte sie auf. William blieb still, also drehte sie sich wieder zu der Tafel. Sie sah sich das Bild noch einmal genauer an und las, leicht nach vorn gebeugt, die Zeilen darunter:

William hörte, wie es zischte, als sie die Luft einzog, sich aufrichtete und plötzlich so gerade wurde, als hätte man sie gepfählt. Sekunden später, und es kam William wie Stunden vor, nahm sie ihre Brille ab, steckte sie in die Jackentasche, drehte sich um und zog William nach draußen auf den Vorplatz der Ruine.

Die Brille wurde wieder aus der Jacke gezogen und William beobachtete mit einem etwas unwohlen Gefühl, dass da in dem Kopf vor ihm Schwerstarbeit geleistet wurde.

Nachdem die Brille wieder ordentlich im Etui verstaut und in der Tasche verschwunden war, tauchte ihre Hand wieder in das Wirrwarr ein und zog die Schachtel Zigaretten heraus.

Ah, dachte er, Ausnahmesituation – dafür brachte er mit jeder Faser seines Seins Verständnis auf.

Katrina nestelte eine Zigarette aus der Schachtel und überlegte sich wohl gerade etwas anders, denn William bemerkte ihr kurzes Stutzen sehr wohl. Doch ehe er es sich versah, griff sie nach seiner Hand und hielt das brennende Feuerzeug unter seine Handfläche. Augenblicklich wurde es unerträglich heiß und er zog sie fluchend weg.

»Was soll das denn«, fuhr er sie an. »Bist du von Sinnen?«

Inzwischen hatte Katrina mit ihrem Feuerzeug den eigentlichen Sinn dieses Werkzeuges erfüllt, nahm einen tiefen Zug und entließ den Rauch mit einem kurzen, heftigen Ausblasen. Dann sah sie ihn ganz ruhig an, als könnte sie nicht einmal ein Tyrannosaurus Rex aus der Fassung bringen, und stellte klar:

»Nein, wenn ich ein Messer gehabt hätte, hätte ich in deine Hand geschnitten, nur um zu sehen, ob sie blutet. So musste ich halt damit vorlieb nehmen, was da war … Und soll ich dir mal was sagen, William Duff …«, William konnte den wütenden Unterton nicht überhören, »ich fühle mich jetzt deutlich besser. Ich denke, du bist tatsächlich ein lebendiger Mensch und nicht irgendein Zombie, der auf Seelenjagd ist. Du bist verletzlich,

William Duff … und das war es, was ich wissen musste. Kannst du damit leben?«

Mit immer noch von Wut und Schmerz gerötetem Gesicht sah er sie jetzt fassungslos an.

»Was, glaubst du, hast du in der vergangenen Nacht getan? Einen Seelenjäger oder einen Geist geliebt? Du hättest mich auch mit einem Dolch erstechen können. Es würde keinen Unterschied gemacht haben … Und ja, ich blute.«

Er war zornig, er war verletzt, zutiefst verletzt, das konnte sie ihm anhören. William funkelte sie wütend an, mit seiner Seelenruhe war es fürs Erste dahin, und er drehte sich um und machte sich zu Fuß auf den Weg in die Jagdhütte. Als er in den Waldweg abbog, warf Katrina die halb gerauchte Zigarette weg. Ihr wurden die Beine weich und sie setzte sich auf den halbhohen Findling ganz in der Nähe.

Jetzt war es um sie geschehen. Sie spürte plötzlich die Kälte einer Verlassenen und zitterte am ganzen Leib. Der Blick verschwamm unter den aufsteigenden Tränen und sie ließ sie ungehemmt laufen, bis sie keine Luft mehr durch die Nase bekam.

Sie wusste, dass sie es übertrieben hatte. Sie hätte sich erwachsener verhalten können. Ihr war klar, dass auch ein Mann verletzlich war. Natürlich wusste sie das. Sie hatte schließlich bereits zwei lange Ehen hinter sich. Sie kannte den Schmerz und sie genoss es nicht, ausgeteilt zu haben. Sie fühlte sich scheußlich und das hatte einen bitteren Geschmack in ihrem Mund hinterlassen.

Bitterlich weinte sie sich aus, bevor sie aufstand und zu ihrem Auto wankte.

Sie würde sich entschuldigen. Sie musste sich entschuldigen. Das hatte William nicht verdient. Ihr Herz schmerzte bei dem Gedanken, dass sie es war, die ihm den Dolchstoß gegeben hatte.

Das hatte sie nicht gewollt. Er war zurückhaltend, besorgt, angenehm, ein guter Gesprächspartner. Sie vermisste ihn, obwohl sie gerade erst eine halbe Stunde getrennt waren.

Er war warm … wie warm? Sie sollte ehrlich mit sich sein,

sie hatte sich verliebt. Sie hatte sich mit sechzig Jahren in einen Mann verliebt, der 1673 geboren wurde.

28

Sie fuhr zurück zur Jagdhütte und hatte Angst. Sie hätte ihm nicht verdenken können, wenn er das Weite gesucht hätte. Die hatte sich nicht so verhalten, wie es Caithriona damals vielleicht getan hätte. Sie war nicht liebevoll mit ihm umgegangen, hatte ihm kein Verständnis entgegengebracht. Sie hatte nur genommen. Er hatte sich um sie gekümmert, hatte sie vor einem Absturz gerettet, hatte sie gepflegt, hatte sie gewärmt und ihr Essen gegeben. Und sie? Sie hatte ihm mit Anlauf in den Allerwertesten getreten. Sie fühlte sich schlecht und atmete auf, als sie in der Hütte Licht sah.

Sie blieb noch eine Weile im Auto sitzen und sammelte sich.

Mit einem lauten Stöhnen öffnete sie endlich die Autotür, stieg aus, nahm den Einkauf aus dem Kofferraum und ging zur Hütte.

Als sie eintrat, sah sie ihn wie ein Häufchen Elend am Tisch sitzen, den Kopf in die Hände gestützt. Sein langes, gelocktes, schwarzes Haar mit den wenigen Silberfäden verdeckte sein Gesicht wie ein Vorhang. Er hob den Kopf nicht, als er sie hereinkommen hörte

Sie wusste, dass er sie gehört hatte, denn leise konnte sie sich, mit dem Einkauf beladen, nicht bewegen, selbst wenn sie es gewollt hätte. Ihr Blick verweilte auf dem Mann, den sie so sehr verletzt hatte, und sie beschloss, ihn noch für eine Weile in Ruhe zu lassen. Sie hoffte nur inständig, dass er sie im selben Raum ertragen konnte.

Sie ging zur Feuerstelle und fand sie erloschen vor. Kurz sah sie sich um, griff nach den Materialien, die sie benötigte, um Feuer zu machen. Sie kannte sich aus, denn den Kamin zu Hause hatte sie auch meistens angemacht. Etwas überfordert mit dem altertümlichen Feuersteinding, griff sie zu ihrem Feuerzeug und im Nu hatte sie es entzündet und es breitete sich eine heimelige Wärme aus.

Dann machte sie das Wasser in dem Kessel warm und goss Tee auf. Sie nahm die heißen Becher, ging zu William, der sich immer noch nicht geregt hatte, und setzte sich ihm gegenüber auf die Bank.

Sie schob ihm seinen Becher hin und nahm allen Mut zusammen, als sie ihn ansprach:

»William, es tut mir unendlich leid, ich habe mich scheußlich benommen. Bitte verzeih mir.«

Es dauerte eine Weile, bis er sich regte. Er nahm die Hände herunter und umschloss damit den heißen Teebecher. Dann hob er langsam den Kopf und der Vorhang aus silber-schwarzem Haar gab sein Gesicht frei. Seine Augen waren gerötet und er hatte deutliche Spuren von Tränen auf seiner leicht gebräunten Haut. Obwohl er geweint hatte, sah er männlich aus. In seinen Zügen lag immer noch Schmerz.

Katrina konnte nicht anders. Ihre Hände wanderten zu seinen und umschlossen sie mitsamt dem Teebecher.

»Ich wollte dir nicht wehtun, bitte, William, glaub mir das. Es tut mir leid – bitte sprich mit mir«, flehte sie ihn mit zittriger Stimme an.

»Ist schon gut«, antwortete er kraftlos.

Katrina hatte einen dicken Kloß im Hals und ihr Magen zog sich zusammen. Sollte sie diesen wunderbaren Mann tatsächlich gebrochen haben? Was hatte sie denn noch mal gesagt? Sie bekam es gar nicht mehr zusammen. Gab es da ein Schlüsselwort? Sie wurde von Minute zu Minute unsicherer und wollte ihn doch nur wieder lächeln sehen.

»Nein, es ist nicht gut«, versuchte sie mutig auf ihn einzugehen. Zwar waren seine Hände warm, aber sie spürte kein Gefühl fließen. Sie hielt das nicht aus, nahm ihre Hände von seinen fort, stand auf und ging zum Kamin. Ein Blick in die beruhigenden Flammen des Kamins gaben ihr Kraft und es brach nur so aus ihr heraus:

»William Duff, ich weiß nicht, welches Wort dich so tief getroffen hat, dass du nicht mehr mit mir sprechen willst. Es ist auch völlig egal, weil ich sie eh nicht mehr zusammenbringe. Ich habe mich entschuldigt. Ich kann nicht mehr, als dir sagen, wie unendlich leid mir der ganze Vorfall tut. Ich weiß nicht einmal, ob ich aus Wut oder Irrglauben gehandelt habe. Alles, was ich getan oder gesagt habe, habe ich leider gesagt und getan und kann es nicht wieder rückgängig machen.« Sie war mittlerweile dazu übergegangen, wie ein eingesperrtes Tier wenige Schritte hin und wieder zurück zu machen, ohne aufzusehen.

»Ich habe nicht an dich gedacht und ich habe mich so egoistisch verhalten. Du hattest keine Chance und das war sooo schrecklich unfair von mir. Ich bin eine undankbare Pflanze. Du rettest mich an der Klippe, du wärmst und pflegst mich und du verbringst deine Zeit mit mir … und wenn ich nicht bereits sechzig Jahre alt wäre, würde ich sagen, ich hätte mich verliebt.«

Stille.

Sie blieb augenblicklich stehen und war zutiefst erschrocken über sich selbst, dass ihr das entglitten war. Sie sah zu William und hoffte inständig, dass er sich weiterhin seiner Trance hingegeben hatte.

Hatte er nicht. Er hatte ihren Vortrag ab dem Moment, als sie aufgestanden war und ihm den Rücken zugekehrt hatte, verfolgt. Seine Miene hatte ein wahres Schauspiel abgeliefert. Von Unglauben über Irritation bis hin zum Schmunzeln war alles dabei gewesen. Aber jetzt sah er sie an, als wäre sie ein Mondkalb.

Und seine Miene brachte sie eindeutig zum Lachen. Da sie aber in der Situation nicht Gefahr laufen wollte, dass er das nun auch wieder falsch verstand, brachte sie es in der Eile nur fertig, sich die Hände vors Gesicht zu halten.

Oh mein Gott, sie war nun wirklich die allerblödeste sechzigjährige Kuh auf diesem Erdball, ging es ihr durch den Kopf. Ihr Auftritt, besonders ihre Offenbarung, war ja wohl an Peinlichkeit nicht mehr zu überbieten.

Als ihr die Hände aus dem Gesicht gezogen und an die Brust eines großen, stattlichen Highlanders gelegt wurden, wäre sie am liebsten im Erdboden versunken, doch starke Arme umfingen sie, und Wärme, Nähe und Liebe flossen ihr entgegen.

William hob zärtlich ihr Kinn, damit sie ihn ansehen musste, und als er sah, dass Katrinas Augen seine mit Liebe empfingen, küsste er sie zärtlich auf den Mund, den er schon des Nachts geschmeckt hatte.

Sie verloren sich in der innigen Umarmung und ihre Küsse steigerten ihrer beider Verlangen nach mehr.

Doch zwei knurrende Mägen hatten andere Pläne, und als sie sich voneinander lösten, zogen sie seelenverwandt gleichzeitig die Achseln hoch und grinsten sich an.

Gemeinsam brachten sie die Leckereien, die sie nun eigens für ihr Abendessen gekauft hatten, auf den Tisch. William öffnete ihnen die Flasche Wein vom Weinhändler auf dem Markt. Sie sahen sich verliebt an und genossen beide, wie ihre Gefühle wieder in einen ruhigen Fluss mündeten.

Beim Essen erzählten sie sich viele Dinge, die sie abseits von der Dramatik der letzten Tage beschäftigten, und mieden das brisante Thema vorläufig. Sie wollten beide die paar Stunden, die sie hier noch gemeinsam verbringen sollten, nutzen, um sich wiederzufinden und sich vielleicht noch näher zu kommen.

Nachdem der Wein zur Neige gegangen war, schlenderte Will zum Kamin und holte den Whisky hervor, den sie sich ebenfalls noch gönnten.

Dann musste Katrina ihrer Natur folgen und hinaus ins Gebüsch.

Inzwischen hatte William abgeräumt und Wasser warm gemacht, damit Katrina sich waschen konnte.

Sie gaben sich praktisch die Klinke in die Hand, denn als Katrina wieder in die Hütte kam, ging Will hinaus, nicht ohne ihr einen Kuss auf die Stirn zu hauchen und ihr zu sagen, dass die Waschschale bereit wäre, wenn sie sie brauchte.

Katrina nutzte die Chance und entkleidete sich vollends, wusch sich von oben bis unten und putzte sich die Zähne. Sie tupfte sich ein bisschen von ihrem Parfum hinter die Ohren und aufs Dekolleté, nur so, weil sie es wollte. Dann warf sie sich ihr dünnes Longshirt über, das sie gern als Nachthemd trug, und wartete auf Will.

Der erschien nach einer halben Ewigkeit, nass wie ein begossener Pudel, und brachte die Kälte von eisigem Wasser mit in die Hütte.

»Was ist los, regnet es wie aus Eimern, oder schneit es?« Sie sah ihn erstaunt an, entspannte sich jedoch bei dem augenblicklichen Lächeln, das Williams Gesicht erhellte.

»Nay, es schneit nicht und den Regen hab ich mir aus dem Brunnen geholt. Das nennt man dann wohl schottische Dusche.«

Katrina stand auf und wollte William eines ihrer großen Duschtücher reichen, damit er sich richtig trocken rubbeln konnte.

Doch der stand immer noch da, seine Kleidung vor die Vorderfront gedrückt und mit tropfendem Langhaar.

»Was?« Sie sah ihn fragend an. »Leg das Zeug endlich ab, trockne dich ab und wärm dich am Feuer.«

Er tat, was Mylady befahl, und ließ seine Kleidung auf die Bank neben sich gleiten. Da stand er nun, der alte Mann, splitterfasernackt.

Katrina zog hörbar die Luft ein. Er war groß, das wusste sie, und er war kräftig und muskulös, das wusste sie auch. Seine Figur war für einen Mann seines Alters wirklich atemberaubend. Er sah verwegen aus mit seinen triefenden Locken und sein Gesicht wirkte frisch von der Kälte. Katrina trat näher auf ihn zu und dann sah sie, was sie aus der Ferne nicht hatte sehen können. Er hatte Narben auf den Oberarmen, über der Brust, die trotz der ergrauten Brusthaarlöckchen zu sehen waren, und sie berührte sie mit ihren Fingern. Sie fuhr auf ihnen entlang, als würde ihr allein die Berührung ihre Herkunft enthüllen. Sie ging um ihn herum und ihr stockte der Atem. Die kleineren Narben, die sie fand, waren wie die vorn und rührten vermutlich allesamt von Schnittverletzungen her. Aus der Fassung brachte sie die eine, wulstige Narbe, die von einem Schwertstich herrühren konnte. Sie war tief gewesen, das konnte sie auch als Laie sehen. Er war stehen geblieben, wie er stand, als sie ihren Exkurs begann. Nun verfolgte er sie nur mit seinen Augen. Er konnte Katrinas erschrockenes Gesicht nur aus dem Augenwinkel sehen, aber er wusste auch so, wo ihr Blick hängen geblieben war.

Er drehte sich zu ihr und riss sie damit aus ihrer Betrachtung.

»Katrina, du weißt, wer ich bin, oder weißt du es immer noch nicht?«, fragte er sie leise, aber eindringlich.

Sie nickte und dabei sah sie ihm in die Augen und sie sah Liebe, er jedoch sah Schmerz.

»Meine Güte, Will, ich glaube dir wirklich, dass du der bist, der du bist … Aber wie um alles in der Welt bist du hergekommen?«

Ihr standen Tränen in den Augen und weil William sah, wie Katrina sich in sein damaliges Leid verlor, zog er sie fest an sich und hauchte ihr ein zartes »*mo bheatha*« auf den Blondschopf.

Sie duftete wie eine sommerliche Wiese und er sog das blumige Aroma ein. Erinnerungen an eine schöne Zeit erschienen ungerufen in seinem Gedächtnis.

Aber auch etwas ganz anderes regte sich. Jede ihrer Berührungen auf seiner Haut hatte ein wohliges Kribbeln hervorgerufen, die Nähe der Umarmung jedoch, die ihn jetzt nur durch den dünnen Stoff des Nachthemdes von ihr trennte, ließ seinen Blutdruck in seiner Männlichkeit ansteigen. Auch wenn sein Glied nicht mehr die wollüstige Härte von einst erreichte, musste sie es merken. Sie musste seine Erregung einfach spüren und er hoffte, dass sie sich seinem Verlangen nicht verweigern würde. Er wollte diese Frau.

Und Katrina ließ es geschehen.

Sie ließ sich das Shirt von ihm ausziehen und spürte sein leichtes Zittern. Sie ließ ihn genauso ihren Körper studieren, wie er es bei ihr zugelassen hatte.

Seine Augen wanderten über ihre noch vollen, festen Brüste, die noch kein Kind gestillt hatten, tiefer bis zum Bauchnabel. Ihre Taille war immer noch gut erkennbar, wenn auch etwas runder, als es in ihrer Jugend gewesen sein mochte. Er entdeckte eine winzige Wölbung mit kleinen, verblichenen Narben und ihre Scham, die gestutzt und dunkelblond zwischen den schlanken, langen Beinen hervorlugte. Auch er umrundete sie, und ihre gerade Wirbelsäule mündete in ein rundes, gut proportioniertes Gesäß.

Obwohl er sie nur mit seinen Blicken berührte, lief ihr ein Schauer über den Rücken und sie spürte eine ungeahnte Wärme in ihrem Unterleib.

Er umfing sie von hinten und wanderte mit seinen Händen zu ihren Brüsten hoch und umspielte sie zärtlich, während er mit seinen Lippen ihren Nacken streichelte. Seine sinnlichen Liebkosungen weckten nun auch ihr sehnliches Verlangen. Sie drehte sich zu ihm und reckte ihm ihre Lippen entgegen, die er gerne empfing.

Sie erlebten zusammen eine ganz neue Qualität von körperlicher Erfüllung und liebevoller Sehnsucht, anders als in der vergangenen Nacht, in der sie sich nur ihre Körper gegeben hatten. Sie schenkten sich nie gekannte Zärtlichkeit und brachten sich gemeinsam in Dimensionen, die einer Liebeserklärung entsprach. Kein Zentimeter war der jeweiligen Erkundung entgangen und auf jedem spürten sie auch später noch die kribbelnde Wärme, die von Lippen oder Händen oder auch nur Fingerspitzen hinterlassen wurde. Aneinandergekuschelt überließen sie sich danach einem entspannten Schlummer.

29

»Katrina?«, murmelte Will in ihr Ohr, als er wach wurde und ihre Nacktheit noch immer angenehm an seiner Haut spürte.

»Hmm«, bekam er zur Antwort und hörte die entspannte Gelassenheit einer befriedigten Frau.

»Wirst du das hier bereuen? Wirst du mich auch morgen noch kennen, wenn wir wieder Touristin und Schäfer sind?«

Noch schläfrig musste sie die Worte erst einmal in ihrem Hirn auf den Weg bringen, der sie angemessen verarbeiten konnte. Was meinte er denn jetzt damit? Und angekommen an der richtigen Hirnwindung, die zu einer Verarbeitung fähig war, drehte sie ihm ihr Gesicht zu und antwortete:

»William Duff, ich bereue keine Sekunde. Wie kommst du bloß darauf? Denkst du wirklich, du seist ein Abenteuer? Ich bin sechzig Jahre alt, Will. Nicht sechzehn.«

Er musste einfach lächeln, als er ihre angedeutete Entrüstung sah, und hauchte ihr einen Kuss auf die Stirn.

»Du bist auch kein Abenteuer für mich. Aber, obwohl du dich mir geschenkt hast, glaube ich noch nicht, dass du das Ausmaß dieser Geschichte richtig erfasst hast. Ich habe Angst, dass du mich fallen lassen wirst, wie eine heiße Kartoffel. Ich bin der, der ich bin, und daran kann ich nichts ändern. Ich weiß auch, dass du mir glauben willst. Aber ich weiß nicht, ob du es kannst, *mo bheatha*.«

Katrina war jetzt wach. Sie atmete hörbar tief ein und genauso unüberhörbar wieder aus. Konnte dieser Mensch tatsächlich diese Stimmung tiefsten Friedens in diese Richtung lenken wollen? Wollte er sie beide entzweien, damit er wieder allein seiner trostlosen Wege gehen konnte? Meinte er, dass sie eine vollkommene Idiotin war, die zwei Tage lang nur Bahnhof verstanden hatte? Natürlich würde er mit seiner Geschichte von Seelenwanderung und Zeitreise so ziemlich alle verschrecken, die sie kannte, aber für sie selbst war das eigentlich nicht wirklich ein Problem. Irgendwie hatte sie immer geglaubt, dass es Dinge zwischen Himmel und Erde gab, die sich wissenschaftlich nicht erklären ließen. Aber das konnte Gott für sie auch nicht. Wer sollte das sein, ein weißbärtiger Mann auf Wolke neun, der sie tatsächlich dort erwartete, um alles zu vergeben und allen eine schöne Todzeit zu kredenzen? Nein es gab sicher etwas, aber es war anders, und darum konnte sie sich auch Williams Geschichte durchaus als geschehen vorstellen. Nur fand sie nicht durch seinen scheinbaren Sinneswandel hindurch. Hatte er so wenig Vertrauen oder hätte er in der umgekehrten Situation nicht die Fantasie, sie hinzunehmen? Nun gut, auch sie hatte die scheinbaren Unmöglichkeiten mit Unfassbarkeit gedeutet und sich verhalten, als hätte er Schreckliches mit ihr vor. Aber sie hatte den Mann auch kennenlernen dürfen. Sie hat die andere Seite gesehen, nicht nur die Sehnsucht nach dem Vergangenen, sondern auch die Freundlichkeit, Besorgnis, Leidenschaft und seinen Humor. Ja, sie glaubte ihm, und wenn er ihr sagen würde, er sei gerade vom Mars auf die Erde gekommen. Sie glaubte ihm.

Sie setzte sich im Bett auf und sah ihn weiter an.

»William, ich bin nicht so vermessen, alles in dieser Welt zu verstehen, aber ich bin auch nicht so dumm, dass ich Falsch und Wahrheit nicht halbwegs auseinanderhalten kann. Vertraust du mir denn?«

»Das tue ich, aber ich würde dir so gern beweisen, dass du mit deinem Glauben richtig liegst. Ich möchte nicht, dass du irgendwann zweifelst oder mich wieder für einen Irren hältst und Angst vor mir bekommst.«

In seinem Blick lagen Sorge und ein Hauch Verzweiflung, das konnte sie fast nicht ertragen.

»Also gut«, sagte sie. »Steh auf und lass uns frühstücken, dann fahren wir zurück und du erzählst mir auf der Fahrt den Rest der Geschichte, alles klar?«

Sie standen auf und aßen, was noch vorhanden war, und das war reichlich. Der Unterschied war nur, dass William schon während des Frühstücks anfing zu erzählen, und Katrina hörte gebannt zu.

Er hatte seinen Sohn, der auffälligerweise nicht nach Sommersby schlug, weder im Aussehen noch im Gemüt, und vernachlässigt ein leichtes Kidnapping-Opfer darstellte, ergriffen und zu Moirra gebracht.

Die hatte ihm von einem Zeit-Tor erzählt, das ganz in der Nähe von Balvenie-Castle in einem Tann lag. Dort müsse er an Samhain in die andere Zeit reisen, um Caithriona wiederzufinden. Er müsse seinen Sohn ganz fest bei sich behalten und dürfe ihn niemals loslassen, auch wenn er das Gefühl hätte, zerrissen zu werden. Er müsse das Ziel im Blick und in seinen Gedanken haben, welches Caithrionas Seele sei, nicht ihr Körper. Dann solle er sich auf den Jahrmarkt begeben, der auch immer Stände alter Sitten hätte, das hätte sie in einem Traum gesehen. An diese Leute sollte er sich wenden, um Hilfe zu erhalten.

Also verließ er die Gegend und ging zurück nach Balvenie. Dort schrieb er einen Abschiedsbrief, in dem er bekundete, seinem Leben aus Gram ein Ende zu bereiten. Er brach Edelsteine aus Kelchen und Schwertern heraus und steckte sie ein, damit er in der anderen Zeit ein Zahlungsmittel hatte. Er nahm seinen Sohn, ging zu der Feeninsel, die Moirra ihm beschrieben hatte, und legte sich dort in das Moosbett, wie ihm geheißen. Das war im Jahre des Herrn 1718. Alexander war damals zwei Jahre alt.

Und es geschah.

Als Vater und Sohn wieder zu sich kamen, wachten sie am Ufer des Feenquells auf, jedoch nicht auf der Insel. Sie taten alles, was Moirra gesagt hatte, und erhielten auch die Hilfe, die sie ihnen versprochen hatte, bis sie auf sich allein gestellt zurechtkamen.

William hatte sich wieder an den Koben erinnert, wieder mal einen Edelstein zu Geld gemacht und sich eine Herde Schafe zugelegt.

Als er frohen Mutes dort ankam, musste er die Hütte erst einmal wieder aufbauen und bewohnbar machen. Er schickte Alexander auf die Schule, um nicht aufzufallen, und ließ ihn später studieren. Alexander sei ein kluger Junge und Gott sei Dank in der alten Zeit noch nicht so verwurzelt gewesen, dass er sich verraten hätte.

Sie lebten so zurückgezogen wie möglich, gerade so offen, wie es wegen Alexander nötig war. Er wuchs also auf wie ein Kind dieser Zeit und William war froh. Er passte hierher. Er kannte zwar alles, was William ihm aus der alten Zeit vermitteln konnte, aber aufgewachsen war er im Zeitalter von Autos und Krankenversicherung.

William wusste ja nicht, wie lange es dauern würde, die Seele von Caithriona zu finden. Er wusste nicht wirklich, worauf er wartete oder wonach er suchen sollte. Er wusste nur, die Frau wäre älter und würde in Beinkleidern an der Absturzstelle stehen.

»Weißt du, wie viele Frauen in zwanzig Jahren an dieser verdammten Klippe standen, hast du auch nur den Hauch einer Ahnung?« Er sah Katrina fast flehend an.

Katrina hatte während der ganzen Erzählung den Mund nicht zugekriegt. Die Unglaublichkeit des Gehörten und die Fassbarkeit des Mannes ihr gegenüber quälten sie und sie schüttelte nur den Kopf und murmelte:

»Viele, nehme ich an.«

»Ja, viele, und glaub mir, wenn du wartest und hoffst, höhlt dich jede verpasste Chance oder jede falsche Spur allmählich aus und macht dich mutloser. Und dann steht da tatsächlich nach zwanzig Jahren eine Frau, die auf Moirras Beschreibung passt, mutterseelenallein an der Klippe und wankt wie ein Baum im Wind … Da denkst du nicht: *Das ist sie.* Obwohl du es besser wissen solltest. Aber du siehst es nicht einmal. Du hast die Hoffnung nämlich längst begraben.« Traurig senkte er den Blick und schüttelte den Kopf.

»Vergib mir bitte, dass ich dich so oft prüfen musste. Ich wusste mir nicht anders zu helfen.« Seine Stimme brach, und sie sah, wie Tränen seinen Blick verschleiern wollten. Sie ergriff seine Hand und drückte sie. Ihre andere Hand wanderte an seine Wange und streichelte mit dem Handrücken zärtlich daran entlang.

»Es gibt nichts zu entschuldigen oder zu vergeben, William. Ich denke, das ist nur menschlich. Wenn man die Hoffnung verliert und einen der Mut verlässt, dann braucht man nicht nur seinen ganzen Glauben, dann braucht man halt Beweise. Mach dir keinen Kopf. Es hat mir nicht geschadet, oder?«

Katrina hielt es auf ihrer Seite des Tisches nicht mehr aus. Sie wollte ihn spüren, neben sich haben. Auch sie kam zeitweilig ins Schleudern und musste den körperlichen Beweis haben, dass sich William nicht im nächsten Moment in Luft auflöste. Sie setzte sich dicht neben ihn und legte ihre Hand auf seinen Schenkel. Tatsächlich keine Einbildung und kein Traum. Träume, so wusste sie aus eigener Erfahrung, konnten trügerisch sein. Manche wurden wahr, manchen raubten einem nur den Schlaf.

Sie lehnte ihren Kopf an seine Schulter und genoss das Schweigen.

Sie wurde in die Gegenwart zurückgeholt, als William ihren Arm drückte und sie auffordernd ansah.

»Was? Hast du etwas gefragt? Ich war gerade völlig woanders.«

»Ich hatte gefragt, ob du mit mir zu dem Zeit-Tor gehst. Ich würde es dir gern zeigen«, wiederholte er.

»Ja, ich muss es sehen!«, sagte sie.

30

Wieder glitten sie in den Tann unterhalb der Burg, aber diesmal folgten sie nicht dem serpentinenartigen Weg bergauf, sondern nahmen eine Abzweigung, die sich in ein kleines Tal zu senken schien.

Dann wurde der Baumbestand plötzlich dicht und es gab keinen sichtbaren Weg mehr. William schlängelte sich vorausgehend durch die Kiefern und hielt sie bei der Hand. Katrina folgte und achtete sehr darauf, keine zurückweichenden Äste ins Gesicht zu bekommen. Dann erreichten sie eine kleine Lichtung. Katrina hatte das feine Plätschern bereits vernommen, bevor sie das Bächlein sah, das aus einem Haufen von ineinander verkeilten Findlingen hervorsprudelte. Die Rinnsale teilten sich ungefähr zwei Meter von der Quelle entfernt und trafen sich, nachdem sie ein kleines Inselchen umflossen hatten, wieder, um in der Gemeinsamkeit an Kraft zu gewinnen. Doch wohin sie flossen, konnte Katrina nicht ausmachen, denn das Bächlein verschwand im dichten Tann.

Die Insel lag vor ihr, wie William sie beschrieben hatte. Ein Bett aus Moos in einem sattem Grün, das so weich aussah wie ein fedriges Oberbett.

»Wow«, sagte Katrina in ehrfürchtigem Staunen und ließ sich auf einem der etwas abseitigen Findlinge am Quell nieder.

William folgte ihr und setzte sich neben sie.

»Ich war seit der Reise in diese Zeit nie wieder hier, aber die Magie, die von diesem Ort ausgeht, spüre ich noch immer ganz deutlich«, sagte er leise und sah ihr in die Augen, die jetzt fast das Grün des weichen Mooses angenommen hatten. Fasziniert von dieser offensichtlichen Einladung, nahm er all seinen Mut zusammen und fragte:

»Kommst du mit mir zurück? Heute ist Sommersonnenwende und das Tor ist offen. Wir könnten zurück in meine Zeit.« Er stand auf und bot ihr seine Hand.

Katrina antwortete nicht sogleich. Alles in ihr schien versteinern zu wollen, bis auf ihr Gehirn, in dem es auf Hochtouren arbeitete. Wäre sie jung, würde sie sicher den Schritt wagen, wenn auch nur aus Neugier. Sie könnte vermutlich das Vertrauen aufbringen, sich unter Williams Schutz zu stellen. Sie traute ihm zu, dass er dafür Sorge tragen würde, dass ihr dort nichts geschehen würde. Vielleicht könnte sie sich tatsächlich an das Leben jenseits des Zeit-Tores gewöhnen, aber sie war nicht mehr jung. Sie war sechzig Jahre alt und sie war krank. Sie war auf die Entwicklungen und Hilfsmittel ihrer Zeit angewiesen. Sie war im Komfort aufgewachsen und sie hatte Probleme damit, in ihrer Situation darauf zu verzichten. War sie deshalb egoistisch? Würde er verstehen, wenn sie ablehnen würde? Warum sollte sie mit ihm gehen? Weil er sie prüfen wollte? Wollte er so herausfinden, ob ihre zarte Liebe hielt? Sie musste zugeben, dass sich da ein Band zwischen ihnen entsponnen hatte, aber ob es so stark war wie das Band zwischen ihm und Caithriona, konnte sie nicht sagen. Und damit wären wir wieder bei dem Thema, dachte sie. Meinte er sie, Katrina? Oder war es immer noch Caithriona, die er zurückbringen und mit der er leben wollte? Sie schüttelte den Kopf und starrte auf das Gras-Moos-Gemisch vor ihren Füßen. Sie reichte ihm nicht ihre Hand.

»Nein, William. Ich werde nicht mit dir gehen. Es ist nicht meine Zeit.« Sie sah zu ihm auf und obwohl sie seine Enttäuschung schon jetzt in seinen Augen sehen konnte, fuhr sie fort:

»Sieh mich an. Ich bin alt und ich habe eine Krankheit, die schon heute nicht behandelt werden kann. Was also soll ich dort, wo ich zu einem Leben verdammt wäre, in dem ich schon jetzt auf die Hilfe anderer angewiesen wäre? Ich denke nicht, dass du mich 1718 oder wo immer wir landen, mit einem Rollstuhl durch die Highlands schieben möchtest. Das wäre wohl auch nicht besonders unauffällig.«

Wieder senkte sie ihren Blick.

»Sieh dich an, William. Du bist ebenfalls alt und nicht mehr der starke Mann, der du einst sicherlich warst. Außerdem bist du für deinen Clan tot. Du hast Selbstmord begangen, wenigstens hast du es ihnen damals so verkauft. Du kannst genauso wenig zurück, wie ich dort hingehen sollte. Und was ist mit deinem Sohn? Du würdest ihn doch nicht hier zurücklassen wollen.«

Sie stand auf, ging zu der Stelle in der grünen Wand, die diese Lichtung umgab, an der sie glaubte den Ausweg zu finden, und drehte sich noch einmal zu ihm um.

»Kommst du mit? Ich möchte zurück, zurück nach Stonehaven.«

Er stand immer noch starr auf der Lichtung, den Blick sehnsuchtsvoll auf die Feeninsel gerichtet, und sie sah, wie er den Kopf schüttelte, und hörte ihn sagen, dass er bleiben wolle.

Sie hatte ihm im Grunde die Wahrheit gesagt. Sie kämen dort nicht mehr zurecht. Ihre Worte waren wie Pfeile in sein Herz gedrungen und das schmerzte. Aber seine innere Zerrissenheit hemmte seine Entscheidung. Er wollte doch schon so lange in seine Heimat ohne diese technischen Errungenschaften, die er ablehnte. Die klare Welt, wo Mann gegen Mann kämpfte, zählte. Nicht diese ewigen Geschichten – Intrige gegen Intrige, Kapital gegen Kapital. Doch wenn er ganz ehrlich war, gab es das alles auch früher. Oft waren Clanchefs über diese Hürden gestolpert. Hielt man zu den Engländern oder war man Jakobit, war der Clan groß und reich oder arm und auf starke Verbündete angewiesen. Und sein Sohn? Er war in dieser Zeit hier aufgewachsen und William wusste, dass Alexander hier bleiben wollte. Katrina hatte recht, aber das konnte er sich noch nicht eingestehen. Also schüttelte er langsam den Kopf und sagte:

»Ich muss nachdenken. Fahr du schon, ich komm dann nach
… oder auch nicht.«

Er drehte sich nicht um, er sah sie nicht an, er ließ sie tatsächlich allein aus diesem Dickicht zur Jagdhütte laufen.

Sie spürte die Tränen und zwinkerte sie fort. Noch einmal.
Und noch einmal. Die Tränen mussten warten.

Ihr Orientierungssinn war gut und sie fand auch ohne William zurück.

Sie packte ihre Siebensachen zusammen, riss ein unbeschriebenes Blatt aus ihrem kleinen Taschenkalender und schrieb:

Lieber William,
ich weiß nicht, ob Du dies jemals liest, weil ich nicht weiß, wie
Du Dich entscheiden wirst, aber ich habe Dir geglaubt.
Katrina

31

Wieder hätte sie losheulen können. Doch sie musste Auto fahren. Sie musste sich von ihrem Kopf lenken lassen und alles andere beiseite schieben. Sie stieg in ihren Wagen und machte sich
auf den Weg zurück zu Mary. Während der Fahrt gingen ihr
alle möglichen Wenns und Abers durch den Sinn. Sie fingerte
in ihrer Tasche herum, zog die Schachtel Zigaretten heraus, ließ
die Seitenscheibe herunter und entschied, dass eine Ausnahmesituation vorlag, bevor sie ihrem Herzen die Führung überlassen
konnte. Also rauchte sie mehrere Notnägel, bis sie endlich an
Marys B&B landete.

Ohne ein Wort machte sie sich direkt auf den Weg in ihr
Zimmer, ließ einfach ihre Tasche fallen, den Trolli stehen und
warf sich auf ihr Bett. Sie weinte, bis keine Träne mehr kommen
wollte.

Anders als bei Daniel, um den sie auch viel geweint hatte,
hatte sie keine Wut, die sie herauslassen musste. Sie war nicht
wütend, weil sie sich verliebt hatte. Sie gab sich nicht die Schuld

für unfassbare Dummheit, weil sie auf ein falsches Spiel hereingefallen sein könnte. Sie gab auch William keine Schuld. Sie fühlte sich nur unglaublich leer und allein. Nicht Trauer, nein Traurigkeit war der einzige Grund für ihre Tränen. Irgendwann musste sie eingeschlafen sein.

Mary hatte sie kommen hören, aber nicht gewagt, Katrina anzusprechen, weil sie das Gefühl hatte, dass da was schiefgelaufen sein musste. Sie wusste nicht, was sie tun sollte, und dachte lange nach. Sie erwartete keine neuen Gäste. Sie würde also seit Langem mal wieder einen Tag frei haben. Sie schloss die Eingangstür, hängte ein Schild raus, auf dem »Geschlossen« stand, damit spontane Gäste nicht auf die Idee kamen, nach Unterkunft zu fragen. Dann ging sie in ihre Wohnung, machte sich bettfertig und schlich nach unten zu Katrina.

Katrina merkte erst, dass Mary bei ihr war, als sich neben ihr die Matratze senkte und sie den warmen Körper der Freundin an ihrer Seite spürte.

»Was?«, kam ihre klägliche Frage mit gebrochener Stimme zwischen den vor dem Mund verschränkten Händen hervor.

»Komm her, Liebes.« Mary zog sie an sich heran. »Erzähl mir alles, dann geht es dir besser.«

Zuerst noch zittrig, dann mit fester werdender Stimme erzählte Katrina die ganze Geschichte und ließ auch die amourösen Geschehnisse nicht aus. Sie erklärte ihre Gedanken und ließ Mary tief in ihr Herz blicken. Diese kommentierte nichts, sondern sog wie ein Schwamm all den Kummer der Freundin auf. Katrina sollte frei sein von all ihrem Schmerz.

Es war schon spät in der Nacht, als die beiden Frauen aneinandergekuschelt einschliefen.

32

Am nächsten Tag machte Katrina sich nach dem Frühstück und nach einer warmherzigen Verabschiedung von Mary und nicht ohne den Hinweis »Handy« auf den Weg nach Inverness. Sie wollte dort das Museum und die Art Gallery besuchen, angeblich gab es dort eine aktuelle Ausstellung über die Freiheitskriege der Schotten. Das war eine düstere Zeit für Schottland gewesen, die das schottische Clansleben und die Traditionen vorerst beendet hatte. Katrina hatte schon viel darüber gelesen. Immer wieder hatte sie den Kopf darüber geschüttelt, dass, wären sie eine Einheit gewesen, vielleicht diesem Schicksal hätten entgehen können. Von hier aus war die Geschichte wohl nicht zu ändern, aber daraus lernen konnte man allemal.

Sie schlenderte so durch die Säle des Museums und schaute sich gerade eine Vitrine mit diversen Kleinwaffen an, vom *skian dubh* bis zum edelsteinbesetzten Dolch, als eine geführte Gruppe an ihr vorbeikam, die sich von einem jungen Mann in Tracht erklären ließen, was es mit den einzelnen Ausstellungsteilen so auf sich hatte.

Sie sah zu der Gruppe herüber, da sie von der Antwort des jungen Museumsangestellten förmlich hypnotisiert war, obwohl es sich nur um zwei Worte handelte. Aber wie dieses »Aye, Mam« sich anhörte, so hatte sie es – und zwar genau so – schon einmal gehört.

Und in dem Moment, als sie sich umdrehte, traf sie auf ein azurblaues Augenpaar, das sie in einem älteren Gesicht als diesem schon so häufig gesehen hatte.

Der junge Museumsangestellte begegnete ihrem Blick, nickte kurz zum Gruß und ging dann mit seiner Gruppe weiter. Sein rot-grün-schwarz-karierter Kilt wippte unter seiner schwarzen Samtjacke, als er mit seinen in schwarzen Wildlederstiefeln steckenden wohlproportionierten Beinen um die Ecke in den nächsten Saal verschwand.

Katrina bemerkte, dass sie ihm nachstarrte, und machte sich schnellstens auf den Weg zum Ausgang. Eigentlich war sie hergefahren, um sich abzulenken, stattdessen war sie erneut durcheinander.

Es war noch früh, also überlegte sie, was sie sich auf der Rückfahrt noch ansehen könnte, und kam nach der gestrigen Whisky-Orgie mit Mary auf die glorreiche Idee, direkt in der

Destillerie in Elgin ein paar neue Flaschen Glen Moray zu besorgen.

Elgin war ein verschlafenes historisches Städtchen. Die Hauptstraße hatte immer noch Läden zu bieten, die an die Zeit um die Jahrhundertwende erinnerten. Vollgestopft mit Dingen aus der Neuzeit kamen sie einem fast grotesk vor. Es gab natürlich auch große Supermärkte Lidl oder Aldi, aber die lagen versteckt.

Sie ging in den Shop der Destillerie und kaufte zwei Flaschen von dem achtjährigen Whisky, den sie am liebsten hatte, und einen zwölfjährigen, vom dem sie glaubte, dass Mary ihn bevorzugte, da er etwas kräftiger war.

Dabei fiel ihr wieder ein, dass auch William ihr ihren Lieblingswhisky in der Jagdhütte kredenzt hatte. Woher wusste er, dass sie ihn favorisierte? Katrina seufzte. Also war auch diese Ablenkung fehlgeschlagen. Trotzdem, sie würde Mary fragen.

Da sie sich bei ihrer Freundin mit einem anderen Mitbringsel als Whisky, der ihr zu unpersönlich vorkam, bedanken wollte, fuhr sie nach Stonehaven und stöberte durch die kleinen, aber feinen Geschäfte. Was würde ihrer Freundin wohl gefallen? Eigentlich kannte sie sie doch nicht so gut, musste sich Katrina schlechten Gewissens eingestehen.

Das Wetter war umgeschlagen und es regnete, als sie aus einer Boutique heraustrat, in der sie nichts gefunden hatte.

Der Himmel schickte ihr in dem Moment, als sie eine Parfümerie passierte, die Eingebung: *Trésor*. Katrina hatte sich an diesem blumig-pudrigen Duft nicht satt riechen können. Mary hatte das Parfum an ihr einmal bewundert, und wenn es nicht so teuer gewesen wäre, hätte sie es sich bestimmt auch zugelegt, aber da war die Schottin in ihr durchkommen.

Katrina kaufte es kurz entschlossen, ließ es schön verpacken und machte sich mit teuflischer Vorfreude auf den Weg ins B&B.

Mit einem Zug parkte sie schwungvoll ein und nahm die Tüte mit dem Whisky aus dem Auto; Marys Geschenk hatte sie wohlweislich in ihrer großen Handtasche verschwinden lassen.

Als sie die Tür öffnete und in den Flur trat, roch sie ein Gemisch aus Gras und nasser Wolle, ein Geruch, der ihr sonderbar vertraut vorkam. Einen Augenblick blieb sie verwirrt stehen, dann durchquerte sie den Flur und trat in den Salon, wo sie Mary in einem der blumengemusterten Sessel sitzen sah.

»Schau, Mary, was ich mitgebracht habe«, sagte sie fröhlich und schwenkte die Glen-Moray-Tasche. Mary stand auf, nahm ihr die Tasche ab und schaute hinein.

»Gleich drei?«, staunte sie und fügte schmunzelnd hinzu: »Na, da haben wir beide ja noch einiges vor.«

»Na ja, ich dachte, jetzt bin ich mal dran, einen auszugeben«, sagte Katrina zwinkernd.

Dann zog sie das verpackte Geschenk aus der anderen Tasche und reichte es Mary.

»Das, meine Liebe, ist für dich, weil du mir so lieb zur Seite stehst, und für eine richtig gute Freundin.«

»Für mich?«, fragte Mary und sah fast ängstlich aus, als sie das mit glänzenden Schleifchen kunstvoll geschmückte Päckchen in ihren Händen betrachtete.

»Ja, stell dir vor«, grinste Katrina. »Na los, mach's schon auf.«

Marys Hände zitterten ein wenig, als sie das schimmernde Papier aufnestelte, um den Inhalt des Päckchens freizulegen. Mit großen Augen schaute sie auf das Parfum.

»Oh Katrina ...«, sagte sie überwältigt.

»Es gefiel dir doch so gut.«

»Dass du das noch weißt«, schniefte Mary gerührt. Sie nahm den Flakon aus der Verpackung, sprühte sich ein wenig Parfum aufs Handgelenk und sog mit geschlossenen Augen den Duft ein. »Wunderbar!«, seufzte sie hingerissen. Dann stand sie auf und umarmte Katrina. »Danke, meine Liebe, ich danke dir so sehr.«

»Es steht dir«, musste Katrina neidlos anerkennen. »Wie für dich gemacht.«

Die beiden lachten und freuten sich übereinander und tranken wieder Whisky, sodass Katrina ihre Fragen des Tages völlig

verdrängte und auch von ihrer Begegnung im Museum zu erzählen vergaß.

33

Mary hatte schon am Morgen, als sie sich aus Katrinas Bett ge-
stohlen hatte, einen Entschluss gefasst, da sie dieses Leiden nicht
mit ansehen konnte.

Sie erwartete Katrina in der Küche mit Porridge, Kaffee und
den üblichen Eierspeisen, die sie gerne aß. Dann eröffnete sie
ihr, dass sie Zeit habe, den Tag mit ihr zu verbringen, und fragte
wie beiläufig, ob es Katrina etwas ausmachen würde, kurz noch
ihre Großmutter zu besuchen, weil sie das lange nicht geschafft
hätte.

Katrina, die froh über jede Ablenkung war, willigte sofort ein
und freute sich über den verplanten Tag.

Also räumten die beiden gemeinsam die Küche auf. Dann
machten sie sich fertig für ihren Tagesausflug und stiegen in Marys kleinen Mini ein, nachdem sie geklärt hatten, den Rollstuhl
nicht zu benötigen.

Sie fuhren an der Küste entlang und dann landeinwärts
durch ein verschlafenes Dörfchen. Katrina genoss es, gefahren
zu werden und sich der Landschaft widmen zu können, während sie gälischen Klängen aus dem CD-Player lauschte. Die
musikalische Untermalung passte so gut zu den Eindrücken der
Gegend, dass sie gar nicht mitbekam, wie Mary das Auto vor
einem kleinen Cottage auf dem Seitenstreifen parkte.

Das Cottage lag zwar an der Hauptstraße, aber der große
Garten, der es mit Obstbäumen verdeckte, die zumeist schon in
dichter Blütenfülle standen, ließen es dennoch abgelegen wirken.

Katrina war sichtlich beeindruckt von der Idylle, die sich ihr
bot, und mit einem Lächeln registrierte Mary ihren Blick, als
sie das Häuschen sah. Wie aus einem Bilderbuch lag der weiß
gemalte Koben vor ihnen. Rosenranken flankierten die Ein-

gangstür, während blühende Kräuterbeete nach rechts und links das Bild abrundeten.

»Das ist ja wie ein Postkartenbild«, stellte Katrina erstaunt fest. »Wunderwunderschön.«

»Ja, das ist es, und Mairi, meine Großmutter«, erklärte Mary, »kennt wahrscheinlich jede Pflanze mit Namen. Sie ist blind, weißt du.«

»Oh, das tut mir leid.« Das tat es wirklich, konnte Mary an der Stimme ihrer Freundin hören, und sie gab gleich beschwichtigend zurück:

»Das muss es nicht, die alte Dame kommt gut damit zurecht, du wirst sehen … Komm«, forderte sie Katrina auf, ihr in den Koben zu folgen.

»Granny, ich bin's, Mary«, ließ Mary beim Hineingehen fröhlich erklingen.

»Ich weiß, mein Kind«, kam es aus dem Sessel am Kamin in dem kleinen Wohnzimmer. »Du hast mir jemanden mitgebracht, nicht wahr?«

Mary sah sich zu Katrina um und diese öffnete gerade ungläubig den Mund, was Mary noch fröhlicher stimmte; denn Mairi war nicht nur ihre Großmutter, sondern gehörte außerdem zu den letzten ihr bekannten weisen Frauen Schottlands. Sie war sich sicher, dass sie gar nicht viel sagen musste, und überließ ihrer Granny das Ruder, nachdem sie Katrina vorgestellt hatte.

Mairi wies Katrina den Sessel an ihrer Seite zu und diese nahm nahezu ehrfürchtig Platz. Mary drückte ihrer Großmutter einen Kuss auf die Wange und verzog sich weiter nach hinten an den Esstisch.

»Der Schäfer hat dich also endlich gefunden, mein Kind?«, fragte Mairi mit ihrem blinden Blick in Katrinas Richtung. Katrina wollte gerade ungläubig nicken, als ihr einfiel, dass Mairi das wohl nicht sehen könnte.

»Ja, es sieht wohl so aus. Aber ich bin es nicht, die er gesucht hat«, antwortete sie traurig.

»Woher willst du das wissen, Katrina?«

»Er suchte seine Frau Caithriona oder besser ihre Seele, die hat er vielleicht ja auch in mir gefunden. Leider war ich wohl nur das Medium oder die Überbringerin.«

Die enttäuschten Schwingungen entgingen Mairi nicht.

»Hmmm … Die Geschichte scheint so alt wie die Zeit, möchte man meinen. Aber sie ist durchaus den Alten geläufig. Jeder aus meiner Generation kennt sie noch. Sie wurde an kalten Abenden gern am Kaminfeuer erzählt. Und wie du sicher weißt, haben viele Geschichten einen wahren Ursprung, nicht wahr?« Die blinden Augen, die einst von klar und bernsteinfarben gewesen sein mussten, sahen zu Katrina auf.

»Ja, das wird wohl auch so sein. Es hapert auch nicht am Glauben. Ich denke, es gibt vieles, was wir nicht mal ansatzweise wissen. Aber ich bin zu der Erkenntnis gekommen, dass es bei dieser Geschichte nicht um mich geht. Es geht um den Mann, der verloren hat, und die Frau, die verloren war. Das bin nun mal nicht ich. Ich bin wie gesagt nur das Medium.«

»Woher willst du das wissen?«, wiederholte Mairi ihre Frage.

Katrina erzählte der alten Dame die ganze Geschichte, so wie sie es des Nachts schon einmal getan hatte, und als sie endete, sah sie wieder in Mairis verschleierte Augen.

Die alte Frau ergriff Katrinas Hände, ohne nach ihnen tasten zu müssen.

»Liebst du diesen Mann, Katrina?«, fragte sie unvermittelt. Wieder dieser warme, wissende Ton.

Katrina atmete tief ein und stieß den Atem genauso kraftvoll wieder aus.

»Ich habe zwei Ehen hinter mir und bin sechzig Jahre alt. Ich denke von mir, dass ich keine Unwissende mehr bin. Ich bin kein besonders emotionaler Mensch im eigentlichen Sinne. Meistens regiert der Kopf, aber ich schätze, ich weiß, wann mir Liebe begegnet.«

»Tust du das?« Mairi ließ Katrinas Hände wieder los und wendete sich an Mary.

»Mary, Liebes, würdest du uns einen Tee machen? Ich glaube, ich muss hier noch so einiges berichtigen.«

Mairi wandte sich wieder ihrem anderen Gast zu und fragte dann unvermittelt:

»Hast du gar nicht gespürt, dass Caithriona dich schon lange verlassen hat?«

»Nein, natürlich nicht. Und das kann doch auch gar nicht sein«, wandte Katrina ein. »Was ist mit Alexander? Sie will doch auch bestimmt ihren Sohn.«

»Ja, Alexander, das stimmt«, antwortete Mairi und fügte hinzu: »Den hat sie aber doch schon zweimal gesehen. In dem Moment, als ihre Seele wusste, wer Alexander war, hat sie dich verlassen.«

»Wann soll das denn gewesen sein? Ich bin ihm nicht vorgestellt worden«, entgegnete Katrina fast aufgebracht.

»Du erinnerst dich an den jungen Mann am Flughafen, der dir den Koffer vom Band genommen hat, oder an den jungen Schäfer bei Dunnottar Castle?« Mairi ließ ihre Brauen in die Höhe fahren.

»Natürlich erinnere ich mich …« Katrina legte die Hände vor ihr Gesicht, als ob sie mit geschlossenen Augen besser sehen könnte, und gab seufzend zu, dass sie zwar immer gedacht hatte, der Schäfer käme ihr bekannt vor, aber die Zusammenhänge nicht erfasst hatte. Gerade noch gestern hatte sie ihn im Museum gesehen und ja auch die Verbindung für sich herstellen können. Jetzt, da sie es definitiv wusste, war die Ähnlichkeit von dem jugendlichen Bild des Vaters in Dufftown und des Jungen, mit dem sie an der Klippenwiese gesprochen hatte, unverkennbar. Auch die Ähnlichkeit von Vater und Sohn heute hätte ihr vorher schon auffallen müssen. Allerdings hatte sie damals ja noch gar nichts von Alexander gewusst. Überhaupt hatte sie nichts gewusst. Gar nichts.

»Siehst du, Kind«, lächelte Mairi sie an. »Ihre Seele hat schon viele Tage ihre Ruhe. Sie braucht keine Überbringerin mehr.«

»Ja, aber gestern, da habe ich ihn auch gesehen, das wäre das dritte Mal, oder?«

»Ich weiß, aber spielt das eine Rolle? Caithriona war fort und der Junge lebt schon fast sein ganzes Leben hier. Er kennt seine Mutter nicht«, antwortete Mairi.

Inzwischen hatte Mary den Tee gebracht und reichte Haferplätzchen dazu. Mairi griff zu, lehnte sich in ihrem Sessel zurück und genoss die Pause sichtlich.

Mary blieb auf der Sessellehne bei ihrer Großmutter sitzen und lächelte ihre Freundin an. Katrina allerdings schaute ziemlich ratlos vor sich hin. Sie traute ihrem Kopf, der ganz offensichtlich zu rauchen schien und sich völlig vernebelt anfühlte, nur noch bedingt. Etwas anderes meldete sich schon seit einiger Zeit, in den Vordergrund rücken zu wollen. Aber sie unterband diese innerliche Zerrissenheit oder versuchte es zumindest noch.

Aus ihren Gedanken wurde sie mit einer neuen Frage der alten Frau gerissen:

»Ich frage dich noch mal, Liebes: Liebst du diesen Mann?«

Wieder hörte Mairi ihr Gegenüber tief seufzen.

»Ich habe geglaubt, ich habe vertraut und ich habe diese eine Nacht geliebt, wie ich es nie für möglich gehalten hätte. Ich würde wohl lügen, wenn ich ›Nein‹ sagen würde. Ich bin –«

Mairi unterbrach Katrinas Ausführung, indem sie ganz ruhig sagte:

»Was wäre, wenn nicht du das Gefäß wärest, das gefüllt werden soll, sondern William?«

»Aber …« Katrina machte ein ungläubiges Gesicht, sichtlich überrascht von der Kehrtwende ihrer Gefühlsodyssee.

»Siehst du, Mädchen, es ist nicht immer das, wonach es aussieht, oder? Was wäre, wenn auch er seine Reise unter falschen Voraussetzungen begonnen hätte und seit dreihundert Jahren eigentlich nur die Liebe sucht? Denk drüber nach, Kind.«

Damit stand sie aus ihrem Sessel auf, verabschiedete sich von Katrina und bat Mary, sie zu ihrem Bett zu bringen. Sie sei müde und müsse sich ausruhen.

34

Während Mary den Mini wieder in Richtung Heimat lenkte, sprachen die beiden Frauen kein Wort. Mary überließ Katrina ihren Gedanken, die sicherlich nach keiner Ablenkung von außen verlangten. Doch als das Ortsschild *Stonehaven* auftauchte, fuhr sie in den Ort hinein und suchte einen Parkplatz am Hafen.

»So«, sagte sie in Katrinas Richtung gewandt, die gerade aus einem Traum aufgewacht zu sein schien und ganz vernebelt in die Welt blickte. »Ich habe jetzt Hunger und da drüben gibt es ein wirklich nettes, kleines Fischrestaurant. Da gehen wir jetzt hin.«

Wie an der Schnur gezogen folgt Katrina ihr. Sie sah völlig willenlos in die Karte, las aber nicht, was da an herrlichen Speisen stand.

»Ich mach das.« Mary legte Katrina eine Hand auf den Oberschenkel, da ihre Freundin durch geistige Abwesenheit glänzte, und bestellte das Essen für sie beide bei der hübschen Kellnerin.

»Entschuldigung, ich bin so in Gedanken, dass ich dir bestimmt schon auf die Nerven gehe«, sagte sich Katrina ein wenig verlegen.

»Ach, das macht doch nichts. In deiner Situation wäre ich wohl auch nicht anders drauf.«

»Was mach ich nur hier? Ich wollte einfach nur Urlaub machen und meine Ruhe haben. Ich fühl mich alt und matt. Ich habe ehrlich gesagt hier und jetzt Lust auf meine Pille, die mich ins Jenseits befördert«, murmelte Katrina vor sich hin, ohne eigentlich eine Unterhaltung führen zu wollen. Daher verstand sie gar nicht, warum Mary sie plötzlich so erschrocken ansah.

»Welche Pille«, fragte Mary ganz entrüstet.

»Wie, welche Pille.«

»Du hast gerade von der Pille gesprochen, die dich ins Jenseits befördern soll.«

»Oh, hab ich das? Das war nur so dahingeschwafelt«, verwarf Katrina die anscheinend ausgeplauderte Bemerkung mit einer wegwerfenden Geste, als auch schon das Essen kam.

Doch in Mary keimte der ungute Verdacht, dass Katrina tatsächlich ihre Lebensplanung bereits seit Langem im Kopf hatte und ihr Leben beenden würde, wenn ihr danach war. Sicher war Katrina stark und kämpfte, aber Mary wusste auch, dass sie sich niemals hilflos in fremde Hände begeben würde.

Mary hatte nicht eher Ruhe gegeben, bis sie sich restlos über die Krankheit über Google informiert hatte. Es gab schwere Fälle, leichte Fälle, aber alle endeten mit totaler Hilfsbedürftigkeit.

Vielleicht war auch das der Grund, warum sie sich innerlich so sehr freute, dass ihrer Freundin noch einmal Liebe begegnete, womit diese offensichtlich komplett überfordert war. Wenigstens im Moment. Na ja, musste sie zugeben, die Umstände waren nicht ganz einfach und das Begreifen der Geschichte noch einmal viel schwerer, wenn man denn nur wissenschaftlich an die Sache heranging. Im Grunde war es aber nur das, was es unter dem Strich war! Eine Liebesgeschichte. Sie hoffte nur, dass sie sich nicht zu einem zweiten *Romeo und Julia* auswuchs. Sie selbst war sehr romantisch veranlagt und wünschte sich ein Happy End. Wäre sie ein neidischer Mensch, hätte sie sich schon lange gefragt, warum ihr das nicht passierte, aber sie war eben kein neidischer Mensch.

»Hmm, lecker«, holte Katrina Mary aus ihren Überlegungen und schien mit wirklichem Appetit zu essen.

»Aye«, antwortete sie und ließ Katrina wissen, dass der Koch sich schon einmal einen Stern erkocht hatte, aber keine Lust mehr auf die ständige Überprüfung seiner Künste hatte. Außerdem konnte er als Sternekoch nicht am Markt bestehen. Teuer war nicht unbedingt eine Tugend, die man in Schottland durchsetzen konnte.

»Ah, verstehe«, sagte Katrina, ganz von dem neuen Thema eingenommen. »Wenn ich noch einmal von vorne anfangen müsste, würde ich vermutlich auch Köchin lernen. Ich habe festgestellt, dass ich beim Kochen wunderbar entspannen kann. Außerdem wäre es kreativ und organisatorisch anspruchsvoll.«

»Aber ich nehme schon an, dass es einen Unterschied macht,

ob man ein Restaurant betreibt oder nur zu Hause kocht«, gab ihre Freundin zu bedenken.

»Natürlich, aber wenn man den Beruf doch professionell gelernt hat, dann dürfte das doch kein Problem sein, das hatte ich gemeint.«

»Aye, da hast du wohl recht.«

So plätscherte die Unterhaltung eine weitere Stunde dahin und Mary hatte es tatsächlich geschafft, Katrina von ihrem psychischen Dilemma zumindest eine Zeit lang zu entfernen.

Sie zahlten und zuckelten gemütlich nach Hause, wo sie sich in Marys Salon in die Sessel fläzten und noch ein paar Whiskys schnappten, bevor sie sich in die Betten verabschiedeten.

35

Katrina verlebte noch einige Tage mit kleineren Exkursionen und einer liebevollen Freundin in Schottland, entschied sich dann aber, den Urlaub nach zwei Wochen zu beenden und nach Hause zu reisen. Sie hatte William nicht mehr gesehen und ihn auch nicht aufsuchen wollen, sehr zu Marys Leidwesen. Sie hätte ihrer Freundin so sehr gegönnt, einen aufrichtigen Mann an ihrer Seite zu haben.

Erik holte seine Ziehmutter vom Flughafen ab und merkte ihr an, dass sie in sich gekehrt war. Es war ihm intuitiv klar, dass etwas vorgefallen war, aber er wusste auch, dass es unnütz wäre, sie mit Fragen zu bombardieren. Er musste warten, bis sie selbst das Gespräch suchen würde.

Katrina war froh, wieder in ihrer eigenen Welt zu Hause verschwinden zu können. Dort lief sie allerdings genauso verplant herum wie schon in den letzten Urlaubstagen. Nichts war wirklich von Interesse und alles war zu viel. Eine Woche war sie nun schon fast daheim.

Selbst Lena hatte kaum Zugang zur ihr gefunden, obwohl

Katrina ihrer Schwiegermutter gegenüber, die schon immer als Mutterersatz hergehalten hatte, offen war.

Lena wurde durch diese Zurückgezogenheit in ihrer Ahnung, Katrina würde unter der Schottlandreise leiden, umso mehr bestärkt. Sie war überfordert und hatte keine Idee, wie sie Katrina wieder ins Leben holen sollte. Es war so, als wäre Daniel noch einmal gestorben.

Einmal traf sie Katrina verweint an, ein anderes Mal, wie sie auf ihre selbst gemalten Bilder starrte. Aber die Fröhlichkeit und der Galgenhumor, auf den Lena früher traf, war auf Eis gelegt.

»Kind, was hast du nur? Was ist geschehen? Ich hab ja gleich gesagt, dass es keine gute Idee ist, nach Schottland zu fahren. Ich ärger mich so, dass ich das nicht verhindert habe«, brabbelte Lena vor sich hin, als sie Katrina die Bügelwäsche herüberbrachte.

»Einräumen kannst du sie allein«, verschärfte Lena den Ton, als sie keine Antwort bekam.

»Hmmm«, ließ Katrina wenigstens verträumt verlauten, doch da platzte Lena der Kragen.

»So, Mädchen, jetzt reicht es mir. Ich bin fünfundachtzig Jahre alt und das ist definitiv zu alt, um mich wie Mutter Beimer um dich zu kümmern und herumzuschleichen und auf alles und jeden Rücksicht zu nehmen. Entweder du redest jetzt mit mir oder ich komme nicht mehr herüber. Dieses Verhalten habe ich nicht verdient.«

Katrina wandte sich endlich um und sah in Lenas bleichem Gesicht Wut und Frustration. Lenas Schatten unter den Augen wurden ihr das erste Mal, seit sie zu Hause war, deutlich und sie bekam ein schlechtes Gewissen. Lena hatte ja recht, sie ließ sich gehen und war seit ihrer Heimkehr fast apathisch. Das musste aufhören. Sie wollte ja selber aus ihrem Schneckenhaus heraus. Aber wie? Sie fand bisher den Ausweg nicht. Allerdings schien Lenas Verbalattacke Früchte zu tragen. Immerhin reagierte sie:

»Du hast recht, das hast du nicht verdient. Ich bin schrecklich in letzter Zeit. Aber ich möchte nicht darüber reden. Noch nicht. Ich habe noch nicht zu Ende gedacht, aber eins kann ich dir sagen: Es hat nichts mit dem Urlaub an sich zu tun. Das musst du jetzt einfach glauben … Bitte«, sie hob hilflos die Hände und legte sie Lena auf die Schultern.

Katrina sah ihre Schwiegermutter mit einem so gequälten Blick an, dass Lena nicht anders konnte, als sich damit zufrieden zu geben und Katrina in die Arme zu nehmen. Und wenn diese Umarmung nur ihr selber Trost spendete, so war ihr das für den Moment genug. Wenigstens hatte Katrina sich geregt.

36

In den nächsten Tagen ging es den beiden Frauen insofern besser, als dass Lena feststellte, dass Katrina wieder aktiver wurde und sich um die Dinge des täglichen Lebens kümmerte, und Katrina sah, dass Lena wieder ein bisschen mehr Farbe im Gesicht hatte und die Schatten verschwunden waren.

»Katrina, Katrina!«, hörte Katrina ihre Schwiegermutter hysterisch durch den Garten laufen und über die Terrasse auf sie zueilen. »Da stehen zwei große Männer in Röcken vor der Tür und wollen was.«

Katrina versuchte ihre Schwiegermutter zu beruhigen und fragte sachlich: »Was für Männer und wo?«

»Na, die waren bei mir, aber ich habe sie nicht verstanden und die Tür zugeknallt, weil sie so ein Kauderwelsch gesprochen haben. Vielleicht sind wieder solche Banden unterwegs, die alte Menschen ausrauben«, verfiel sie in einen anklagenden Tonfall.

»Wo sind sie denn jetzt«, versuchte Katrina aus Lena herauszubekommen, als es schon an der Haustür klingelte.

»Da«, wies Lena mit ihrem gichtbefallenen Zeigefinger auf die Milchglasscheibe der Haustür, in der die Silhouetten zweier Personen sichtbar wurden. »Wir machen einfach nicht auf und tun so, als wären wir nicht da«, flüsterte sie.

Aber Katrina, die nie ängstlich war, was Menschen betraf, drückte ihr die Hände und öffnete die Tür.

Vor der Tür standen William und Alexander in Tracht und verbeugten sich nach alter Manier und sagten gleichzeitig:

»Eure Diener, Mam.«

Katrina fing an zu wanken und drohte ihr Gleichgewicht zu verlieren, als sie schon von William an der Schulter gehalten wurde.

Lena sah die beiden Männer mit offenem Mund an und war ebenfalls näher an Katrina getreten, um sie zu halten. Beklommen sah sie zu den beiden Hünen auf, die wie eine Wand vor ihnen aufragten und den Hausflur zu verdunkeln schienen.

»Kennst du sie?«, flüsterte sie Katrina zitternd ins Ohr.

»Ja«, antwortete diese ihr genauso leise zurück, denn auch Katrina war von dem Anblick und dem Erscheinen der beiden völlig überwältigt. Automatisch machte sie einen Schritt zur Seite und wies die Männer mit einer Geste an, einzutreten. Dabei wäre sie beinahe wieder ins Stolpern geraten, weil sie ihren Schatten Lena, die direkt hinter ihr stand, fast vergessen hatte. Aber nun hatte sie das aufzuklären .

»Lena, das sind William und Alexander Duff aus Stonehaven«, stellte sie die Besucher vor und wechselte ins Englische, um ihnen Lena vorzustellen.

Lena beruhigte sich, da sich alle zu kennen schienen, und ließ ihren Blick immer wieder über die zwei Gestalten gleiten. Die Ähnlichkeit sprach für sich. Vater und Sohn, das hatte sie begriffen. Aber da das Gespräch immer wieder ins Englische abdriftete, bekam sie zwar einige mit dem Plattdeutschen verwandte Wörter mit, begriff aber natürlich die Zusammenhänge nicht, bis Alexander sich endlich mit einigen Brocken Deutsch outete. Er hatte die Sprache gelernt. Und mit vollster Anerkennung stellte Katrina fest, dass er sie sogar ganz gut beherrschte. Als sie ihn fragend ansah, reagierte er mit einem zum Dahinschmelzen liebenswürdigen Grinsen und zuckte mit den Schultern:

»Art Gallery, Inverness.«

»Also, kommt herein und setzt euch. Darf ich euch etwas anbieten? Kaffee, Tee?« Katrina hatte den ersten Schreck verdaut und sah die beiden an, wobei ihr Blick immer wieder bei William hängen blieb.

Das fiel Lena, die sehr aufmerksam beobachtete, um festzustellen, was sie von der Geschichte halten sollte, auf. Sie sah in Williams Augen alles. Sehnsucht, Verlangen, Liebe. Vor allem Liebe. So einen Ausdruck hatte sie nicht einmal bei ihrem eigenen Mann, noch jemals bei Daniel gesehen. Es lag so eine Wärme in seinem Blick, der ausschließlich auf Katrina zu ruhen schien. Und so verlor sie ihren Argwohn, dass von diesen beiden Männern irgendeine Gefahr ausgehen könnte. Sie war alt genug, um zu erkennen, dass hier etwas ganz anderes im Busch war, und beschloss, der Sache auf den Grund zu gehen.

Alexander wiederum waren Lenas Gedankengänge nicht entgangen und da er ihre Sprache beherrschte, nahm er sich vor, die alte Dame von ihrem Vater und Katrina abzulenken. Er hatte zwar bemerkt, dass Lena über das Verhalten der beiden gestolpert war, kannte sie jedoch viel zu wenig, um einschätzen zu können, ob sie in Zukunft Schwierigkeiten machen würde.

»Hallo Mama«, kam ein fröhliches Rufen aus Richtung Garten und auf einmal verspannten sich alle vier, die Augen dahin gewandt, aus der lange Schritte auf sie zukamen.

»Oh, du hast Besuch«, stoppte Erik kurz seinen Gang, bevor er zu seiner Mutter ging, um ihr einen Kuss auf die leicht gerötete Wange zu drücken und auch seine Oma mit einem solchen zu bedenken. Dann wandte er sich an die beiden Herren, bot ihnen die Hand und begrüßte sie in fließendem Englisch. Er stellte sich vor und bezog dann artig Stellung neben seiner Großmutter. Zwar war er sich nicht ganz sicher, ob er sein Grinsen hatte gut genug verstecken können, aber der Grund schien zumindest den beiden Frauen entgangen zu sein. Aufgrund der allzu steifen Situation räusperte er sich und fragte in die Runde:

»Wollt ihr hier alle weiter so herumstehen oder sollten wir uns nicht gemütlich auf die Terrasse setzen und dort noch ein bisschen das schöne Wetter genießen?«

Froh über Eriks Erscheinen und seine lockere Art, freute Katrina sich, dass sich die Steifheit aller in Bewegung verwandelte.

Erik ging voraus und bot William und Alexander Platz an, fragte nach ihren Wünschen und wollte gerade ein schönes kühles Bier für sie holen gehen, als er fast mit seiner Großmutter zusammengestoßen wäre, die sich ebenfalls auf die Terrasse begeben wollte.

»Schuldi, Oma«, lächelte er und verschwand in den Keller.

Irgendwie war Lena nicht entgangen, dass Erik zu wenig überrascht war von dem Auftritt der beiden Fremden. Und anscheinend fand er den Aufzug der beiden auch nicht erschreckend.

Erik war von Haus aus ein sehr offener Mensch, genauso wie Katrina, die ihn schließlich erzogen hatte, aber dennoch hatte er immer auch eine bestimmte Skepsis an den Tag gelegt, die Lena heute bei ihm vollends vermisste.

Ihr Hirn arbeitete auf Hochtouren, musste sie doch wissen, was hier gespielt wurde.

Katrina hatte schnell ein paar Häppchen zubereitet und trat nun zu der kleinen Gesellschaft nach draußen. Es war wirklich ein schöner, milder Sommertag. Nicht zu heiß und nur mit einem Hauch an Wind, wie sie feststellte. Wie lange war sie nicht mehr vor der Tür gewesen! Ja, sie hatte sich regelrecht eingeigelt, aber die Leute auf ihrer Terrasse schienen ihr das Leben auch gerade nicht einfacher machen zu wollen. Sie hoffte, dass William nichts von sich geben würde, was Erik und dann auch Lena, die ihn zwar nicht verstand, aber wohl von ihrem Enkel aufgeklärt würde, zu einer unüberlegten Handlung nötigte. Sie war nervös, aber auch irgendwie nicht. Sie fühlte Freude und dennoch machte sich so eine diffuse Angst breit. Nie hätte sie geglaubt, William wiederzusehen, und nun war er leibhaftig angerückt und hatte sogar seinen Sohn zur Verstärkung mitgebracht. Was sollte das werden, wenn es fertig war? Es roch nach Ärger, aber irgendwie auch wieder nicht. Sie musste sich eingestehen, dass sie zwar seit zwei Wochen nicht auf ihrer sichersten Flugroute unterwegs war, aber dieser Blindflug brachte sie aus dem Konzept. Krampfhaft versuchte sie sich nichts anmerken zu lassen, aber viel zu oft war sie von Anfang an durchschaut worden. Sie war keine geborene Lügnerin und schauspielern konnte sie auch nicht. Doch wenn sie wollte, konnte sie bei Strategiespielen mit ihren Gefühlen hinter dem Berg halten, und genauso würde sie die Situation angehen müssen, um hier zu bestehen. Also riss sie sich zusammen und sagte zu sich selbst: Augen zu und durch.

Als sie die Platte mit den Kleinigkeiten abgestellt hatte, stand William formvollendet auf, zog ihr einen Stuhl zurecht und half ihr beim Hinsetzen.

William sprach nicht viel, aber Katrina verstand ihn auch ohne Worte. Die beiden Jungs unterhielten sich zumeist auf Englisch und warfen wenigstens Lena ab und zu einen Brocken auf Deutsch zu, damit sie sich nicht ausgeschlossen fühlte. Der war das aber gar nicht wichtig, denn sie verfolgte eine ganz andere Spur. Mit vorgetäuschter Müdigkeit und Langeweile beobachtete sie das tonlose Zwiegespräch der zwei anderen und wurde das seltsame Gefühl nicht los, dass sich alle untereinander kannten und nur ihr etwas anderes vormachen wollten. Besonders Katrina, die nach innen zu lächeln schien und mit Williams Erscheinen so eine innere Ruhe und Gelassenheit ausstrahlte, war ihr ein Rätsel. Was hatte das Mädchen bloß? Nicht, dass es ihr nicht gefiel, dass sich Katrina wohlzufühlen schien. Nein, das freute sie sogar, nachdem sie sie so niedergeschlagen erlebt hatte. Dennoch konnte sie noch keine wirkliche Ursache erfassen. Das, was sie erst vermutet hatte, verwarf sie. Katrina war schließlich sechzig, in dem Alter war man nicht mehr verliebt. Aber was war es dann? Als es schon dunkel wurde, verabschiedete sie sich aus der Runde und verzog sich zur weiteren Analyse der Geschehnisse in ihre eigene Behausung.

»Geht es dir gut?«, fragte William Katrina leise, als Lena fort war und die beiden jüngeren Männer laut über irgendetwas lachten.

Katrina sah in seine azurblauen Augen und fühlte Wärme in ihrem Herzen. Deshalb traute sie sich nun auch ihn anzulächeln und nickte ihm als Antwort zu.

Während die Unterhaltung zwischen Erik und Alexander, die sich unbekannterweise anscheinend viel zu erzählen hatten, wie ein angenehmes Plätschern den Hintergrund bildete, entspannte sich Katrina immer mehr. Als das Gespräch jedoch auf ein bekanntes Vorkommnis aus der Uni kam, die Erik besucht hatte, ein Vorkommnis, das nur Insidern bekannt sein konnte, wurde Katrina hellhörig und wandte sich den beiden zu.

»Ihr kennt euch?« Sie blickte die beiden ein wenig irritiert an.

»Ja, Mama«, grinste Erik, wie er es immer tat, wenn er den Schalk im Nacken hatte. »Alex war ein Semester als Austauschstudent an derselben Uni wie ich. Wir hatten ein paar gemeinsame Vorlesungen und er war sozusagen mein Patenkind dort. Es gab eine witzige Anekdote, die sich während seiner Zeit dort ereignete.«

»Ah, darum warst du nicht überrascht, als du diese beiden Highlander in meinem Flur entdeckt hast. Und ich kenne die Geschichte, die fand dein Vater gar nicht witzig.«

Erik überhörte das.

»Ich bin jedenfalls froh, dass ich dir Alex endlich mal vorstellen kann, aber anscheinend kanntet ihr euch ja auch schon«, zwinkerte er seiner Mutter zu.

Katrina kam ein seltsamer Gedanke. Sie schob ihn von sich, behielt ihn aber im Hinterkopf.

»Erinnerst du dich noch daran, dass ich daraufhin auch zum Austausch auf die Uni in St. Andrews wollte und Vater es mir nicht erlaubte, weil meine Zensuren so in den Keller gerauscht waren?«

»Ja, das weiß ich noch.« Katrina blickte argwöhnisch in Eriks immer noch grinsendes Gesicht.

Warum hatte er sich bloß innerhalb von ein paar Stunden in dieses Honigkuchenpferd verwandelt? Nicht, dass sie sich nicht darüber freute, dass Erik locker und fröhlich war anstatt so ernst wie sonst, aber was war ihr entgangen?

»Alex war auf der St. Andrews.«

Katrina sah in Williams Richtung. Der hatte sich aber seinerseits in ein Schneckenhaus verkrochen, und obwohl sie sich den Abend fast wortlos verständigt hatten, wurde sie aus seiner

Miene jetzt nicht schlau. Doch dann kam ihr der Gedanke, dass sogar der Kronprinz von England dort studiert hatte. Wie konnte ein Schäfer es sich leisten, sein Kind auf diese teure Schule zu geben? Es wurde immer ominöser.

William sah sofort, dass Katrina ihre Gedanken sortierte, räusperte sich und sagte, an Alexander gewandt:

»Junge, ich glaube, für heute ist es genug, lass uns ins Hotel fahren, es ist auch schon spät.«

Alex, der den Wink verstand, erhob sich aus seinem Stuhl, verbeugte sich gekonnt mit einem Dankeswort vor seiner Gastgeberin und wartete auf seinen Vater. Will, der sich ebenfalls erhoben hatte und auf Katrina wartete, bis sie einen festen Stand erlangt hatte, nahm ihre Hand in seine und hauchte einen Kuss auf ihren Ringfinger, der nicht mehr beringt war. Den ganzen Abend hatte er schon gemerkt, dass sie den Ehering von Daniel nicht mehr trug. Das ließ ihn hoffen, womit er in seinem Leben nicht mehr gerechnet hatte. Er wollte diese Frau. Er wollte sie mehr als alles andere, aber er musste ihr Zeit geben. Darin hatte er Übung. Zeit war eines seiner kleinsten Probleme. Er lächelte und sie sah es.

An der Tür fragte er sie, ob er am nächsten Tag wiederkommen dürfte und sie Lust auf einen kleinen Spaziergang hätte. Katrina nahm an.

Erik, der sich ebenfalls von Alex trennte und den beiden zusammen mit seiner Mutter hinterhersah, als die wippenden Kilts in der Dunkelheit verschwanden, nahm Katrina in den Arm, als sie die Tür schloss.

»Liebst du ihn?«, fragte er sie ganz unverblümt.

»Und du?«, fragte sie zurück und erschrak fast über die Erkenntnis, dass sie das Spinnengetier entlarvt hatte, ohne darüber nachzudenken. Es war letztlich auch zu offensichtlich für sie gewesen. Sie kannte ihren Sohn, auch wenn sie ihn nicht geboren hatte. Jedoch hatte sie übersehen, dass er tiefgründiger war als bisher angenommen. Sie sah ihn an und traf auf einen ängstlichen Blick. Ihr Herz krampfte sich zusammen, aber in Wirklichkeit tat es einen Sprung. Ihr Sohn hatte ihr endlich die

Wahrheit über sich anvertraut, nun, da sein Vater ihn deswegen nicht mehr würde schikanieren können. Der hatte seine ganz eigene Einstellung zu Menschen, die nicht in die Norm passten.

Katrina streichelte ihm sanft über die Wange und bedeutete ihm, dass für sie nur sein Glück zähle und sie nicht vorhabe, ihn umzuformen. Sein ängstlicher Blick verschwand und in seine Augen traten Tränen.

»Ich liebe dich, mein Sohn«, flüsterte sie. »Daran wird sich nie etwas ändern, es sei denn, du brächtest kaltblütig Leute um«, setzte sie mit fester Stimme hinzu. Nun war es an ihr, ihn anzugrinsen. Dann wurde sie ernster und antwortete auf seine Frage.

»Ja, ich glaube schon, dass ich diesen Mann liebe. Aber schau mich an, Junge. Ich bin nicht gerade das Modell, das sich ein stattlicher Mann suchen sollte. Ich wanke, als hätte ich mir von morgens bis abends flaschenweise Wein reingezogen. Ich lasse alles Mögliche fallen, ich bin ein Desaster.« Nun traten auch ihr vor lauter Verzweiflung Tränen in die Augen. In Eriks Umarmung fügte sie mit zittriger Stimme hinzu: »Ich bin eine Zumutung, das weiß ich selbst. Aber träumen darf ich, bis ich den letzten Atemzug mache.« Wieder ging ein Schauer durch ihren Körper und Erik wusste, dass Katrina weinte.

»Ach Mama, sieh es doch mal so, für deinen Zustand müssen andere viel Geld vertrinken«, versuchte er sie aufzuheitern und wusste, dass es sich ziemlich lahm für sie anhören musste. Er brachte sie zu Bett, streichelte ihr noch einmal liebevoll über die Wange, ging runter, räumte schnell auf und legte sich auf das Bett im Gästezimmer. Zum Fahren hatte er zu viel getrunken. Katrina stand gar nicht auf Autofahren unter Alkohol. Das hasste sie wie nichts anderes. Er würde ihrem Wunsch lieber entsprechen, als sie zur Feindin zu haben. Mit einem Lächeln auf dem Gesicht schlief auch er bald ein und träumte von Alexander.

37

»Meinst du, sie wird das mental durchstehen?«, fragte Alexander auf der Rückfahrt.

»Was?« Will sah ihn von der Seite an. »Das mit euch oder das mit mir?«

»Na ja, egal. Ich weiß ja nicht, was sie über Erik und mich denken wird, aber über dich weiß sie doch Bescheid, oder?«

»Nein, ich glaube nicht, dass sie über mich Bescheid weiß. Ich glaube, sie denkt, dass ich immer noch deiner Mutter hinterherlaufe«, sagte William bekümmert.

»Dann sag es ihr doch. Mann, Pa, es kann doch wohl nicht so schwer sein, *Ich liebe dich* zu sagen.«

»Ach Junge, wenn das alles so einfach wäre. Ich habe ihr die Geschichte von Caithriona erzählt, bevor ich wusste, was wirklich damals geschehen ist.«

»Oh, krass«, meinte sein Sohn.

»Aye, obwohl ich den Ausdruck nicht leiden kann, wie du weißt. Aber diesmal passt er genau«, antwortete William und sah aus dem Fenster in die Dunkelheit.

»Und, was willst du jetzt tun?«, holte Alex seinen Vater wieder aus seinen Gedanken.

»Alexander, ich weiß es nicht … Ich weiß es wirklich nicht.«

Alex hörte tiefe Verzweiflung in Wills Stimme und machte seinen eigenen Plan.

38

Am nächsten Vormittag ging Lena ihrer verhasstesten Lieblingsbeschäftigung nach und jätete den Vorgarten. Ihr verstorbener Mann hatte immer darauf geachtet, dass alles wie aus einem Landschaftsgärtnerkatalog aussah. Obwohl Lena es damals geradezu verabscheute, diese Akribie noch zu unterstützen, hielt sie sich noch immer an seine Vorgaben. Ob aus Angst, er würde sich bei einem verirrten Blättchen oder einem vorwitzigen Grashalm im Grabe umdrehen, oder aus der Not heraus, irgendwie den Tag herumbringen zu müssen, blieb selbst ihr verborgen.

Verborgen blieb ihr nicht, wie William bei Katrina schellte. Na, wenigstens hat er heute keinen Rock an, dachte sie. Heute war er ganz leger in Jeans und Pulli da. Er wartete kurz an der Haustür, bis ihm ihr Rollstuhl entgegengeschoben wurde und er Katrina liebevoll hineinhalf und sie dann fortschob, obwohl der Stuhl einen Elektroantrieb hatte. Ihm schien es nicht die Bohne auszumachen, was er da tat, es wirkte so selbstverständlich. Anders als bei Daniel, dem es immer peinlich gewesen war, dass seine Frau nicht gesund war. Zwar hatte er das vor Katrina nie gezeigt, aber Lena hatte er es erzählt, wenn er getrunken hatte, und nun wurde sie Zeugin einer Szene, wie sie sich ihren eigenen Sohn gewünscht hätte. Ihr Herz krampfte sich zusammen und sie ging kopfschüttelnd ins Haus.

William schob den Rolli schon eine ganze Weile vor sich her und wurde mit jedem Schritt unsicherer, wie er Katrina von der wahren Geschichte, die er im Nachhinein erst entdeckt hatte, berichten sollte. Das war in jedem Fall ein heißes Eisen und er wollte sie mit seinen neuesten Erkenntnissen nicht überfahren. Er war so froh, dass er mit ihr zusammen sein durfte. Dass sie ihm erlaubte, mit ihr spazieren zu gehen, obwohl er sie in Schottland mit seiner letzten Aktion völlig verärgert hatte. Er wusste nicht, ob sie das im Grunde immer noch war, denn sie sprach ja kein Wort. Worauf wartete sie denn? Er könnte besser damit umgehen, wenn sie ihn mit Schimpf und Schande überwerfen würde, als wenn sie gar nichts sagte.

Damit sich überhaupt eine Unterhaltung anbahnte, fragte er: »Wo möchtest du denn gern hin? Ich kenn mich ja nicht aus hier. Du musst mir schon ein bisschen helfen, Katrina.«

»Wir können gleich links abbiegen, dann kommen wir zu einem kleinen See. Es ist ganz nett dort«, ließ sie ihn wissen.

Bald waren sie an dem See angekommen und hatten ihn schon fast ganz umrundet, als endlich eine Bank auftauchte.

Will schob den Stuhl so, dass er direkt neben ihm stand, als er sich setzte.

»Wirklich schön hier«, versuchte er das Gespräch wieder in Gang zu bringen.

»Ja. Ganz nett, aber nicht so wie bei dir daheim. Verstehst du jetzt, warum ich so gern nach Schottland fahre?«

»Aye, ich denke schon«, antwortete er. Das fragte sie *ihn*? Die Liebe zu seinem Land brannte mehr denn je in ihm, hier, an diesem Ort, an dem auch sie nicht gerne war.

Er gab sich einen Ruck.

»Komm mit mir zurück nach Schottland, Katrina.«

Katrina, die bisher auf das den See geblickt hatte, wandte ihm nun ihr Gesicht zu, und er sah Bitterkeit in ihren Augen, gepaart mit Traurigkeit, als sie fragte:

»Warum, Will? Ich bin nicht Caithriona. Die suchst du bei mir vergeblich. Ich werde mit dir nicht für den Rest meines Lebens einem Phantom hinterherjagen. Ich bin Katrina und entweder du merkst das, oder …« Ihre Stimme war schon von Anfang an leicht zittrig gewesen, aber ihre letzten Worte wurden von Tränen erstickt.

Der Rolli ruckte an und sie fuhr los und ließ ihn dort sitzen.

»Verdammt, verdammt!«, hörte sie seine tiefe Stimme über den See brüllen und ließ sie zusammenzucken. Doch er folgte ihr nicht und sie zuckelte wieder nach Hause.

Niemand sah sie heimkommen, in Tränen aufgelöst. Niemand sah sie weinen. Gott sei Dank.

Niemand sah, wie auch Will, der noch lange auf der Bank am See saß, die Tränen über die Wangen liefen. Er weinte lautlos und sie liefen einfach, ohne dass er sie hätte aufhalten können.

Als er endlich wieder im Hotel ankam, war er froh, dass Alexander anscheinend nicht da war. Er schaufelte sich ein paar Hände kaltes Wasser ins Gesicht und legte sich aufs Bett.

Er war selbst schuld an seiner Misere. Was für eine blöde Geschichte hatte er sich da zusammengestrickt. Wenn er an Katrinas Stelle wäre, würde er vermutlich auch nicht anders denken. Doch die Geschichte war ja gar nicht so romantisch, wie er selbst immer gedacht hatte. Nein, das war sie wirklich nicht. Aber das wusste er erst, nachdem Katrina schon wieder nach Hause abgereist war. Er kam sich schäbig vor. Schäbig, weil er sich selbst diesen ganzen Blödsinn vorgegaukelt hatte und auf diese Frau hereingefallen war. Wie ein eitler Pfau hatte er sich austricksen lassen und war ins offene Messer gelaufen. Blind vor Liebe. Er war ein solcher Narr, dabei war er so ein brillanter Geschäftsmann. Aber so viel Dummheit musste bestraft werden. Nur, wann würde diese Strafe endlich enden? Ermüdet von seinen Selbstvorwürfen, glitt er in einen Dämmerschlaf.

Geweckt wurde er durch seinen Sohn, der sich mit Schwung und voller Übermut auf das Bett fallen ließ, was eine Welle auslöste, die William beinah von der Liegefläche katapultierte. Verärgert drehte er sich zur Seite, um seinem Filius zu bedeuten, dass er nicht zu Späßen aufgelegt war und seine Ruhe wünschte, aber der sah das anscheinend ganz anders.

»Nicht so gut gelaufen, nicht wahr?« Zwar hatte Alex vorgehabt, ein wenig Wehmut in den Klang seiner Stimme zu legen, aber dann war es, seinem jungenhaften Naturell entsprechend, doch wieder in saloppem Ton herausgekommen.

»Nay«, lautete dann auch die knappe Antwort.

»Pa, vertraust du mir?«, fragte Alex herausfordernd, weil er seinen Vater prüfen wollte.

»Aye«, kam wieder nur eine Kurzfassung.

»Okay, dann fahr nach Hause.«

Mit einem Schlag hatte Alexander die volle Aufmerksam seines Vaters. Er drehte sich um und sah seinen Sohn an, als müsste der sofort in eine Klinik für Geistesgestörte.

»Was soll ich da? Sie ist hier. Ich will sie mitnehmen und das hab ich ihr gesagt – mit dem Ergebnis, dass erst mal wieder Sabbat ist. Das habe ich jetzt von der Wahrheit.«

»Oh Mann, Pa, du hast ja überhaupt keine Ahnung von Frauen.«

»Aber du, nicht wahr«, blaffte Will zurück.

»Autsch«, ließ Alex ihn nur wissen, dass er gerade den Nerv

getroffen hatte, den sie sich versprochen hatten nicht anzurühren.

Alex stand auf, ging ins Bad und duschte ausgiebig, bis er sicher sein konnte, dass sich die Gemüter, seines eingeschlossen, wieder beruhigt hatten. Dann kam er zu seinem Vater zurück, umarmte ihn kurz und lud ihn zu Essen ein.

»Mach dich ein bisschen fein und kämm dir die Haare. Essen geht immer. Und wir müssen reden.«

39

Lena hatte sich ihre Kartoffelsuppe warm gemacht, aber kaum geschmeckt, was sie da vor sich hin löffelte. Sie dachte über ihre Schwiegertochter nach. Eigentlich war Katrina eher wie eine Tochter, wurde ihr klar. Sie liebte das Mädchen. Katrina war ehrlich und sie war offen. Immer hatte sie sich Lena anvertraut, wenn sie Probleme mit Daniel hatte. Katrina hatte ihr so leidgetan, weil Daniel häufig so ein verdammter Trottel war und Katrina verletzte. Nicht dass sie ihrem Sohn unterstellte, es absichtlich zu tun, das nicht. Aber er tat es. Er galoppierte über Katrina hinweg, als wäre sie gar nicht da, wenn er sich in seinem Egoismus suhlte und nur seine eigenen Interessen im Blick hatte. Er war aber auch liebevoll und erfüllte ihre Wünsche, wenn sie sie denn äußerte. Aber das tat sie ja kaum. Sie hatte anscheinend keine. Und den Jungen hatte sie mit so viel Fürsorge aufgezogen. Darüber war Lena froh. Erik hatte doch so früh niemanden mehr und dann kam Katrina. Das Kind konnte sich auf sie verlassen und lehnte sich viel stärker an seine Ziehmutter an als an seinen Vater. Ja, Erik liebte sie sehr und sie hatten einander oft geholfen, sich nach Daniels Eskapaden wieder ins Gleichgewicht zu bringen. Bei Daniel habe ich versagt, dachte Lena und war traurig, dass sie ihm nicht hatte vermitteln können, wie man Liebe zeigte.

Nun kam sie zurück zu Katrina. Dachte das Mädchen wirklich, sie würde ihr Liebe missgönnen? Hatte Katrina Skrupel, weil Lena sich wegen Daniel verraten hätte vorkommen können? War sie blind und hatte selber noch nicht gesehen, wie dieser Schotte sie ansah? Lena wurde nicht schlau aus ihrem Verhalten. Da musste noch etwas anderes sein, das zwischen den beiden stand.

Vielleicht die Krankheit? War sie zu bescheiden, um sich irgendjemandem in ihrem Zustand zuzumuten? Aber so schlimm war es doch noch gar nicht. Sie hätte doch noch einige Jahre vor sich, in denen sie sicherlich ganz gut zurechtkäme.

Lena spülte ihren Teller ab und ging durch den Garten zu ihrer Schwiegertochter.

Doch auf halbem Wege fiel ihr ein, dass sie ja gar nicht da war. Trotzdem nahm sie den Weg wieder auf und hielt beide Hände zum Abschirmen der Spiegelung neben ihr Gesicht, als sie durch das Terrassenfenster ins Haus hineinsah. Sie konnte den Rollstuhl ausmachen und sie sah Beine, aber den Rest von Katrina sah sie nicht. Sie musste gestürzt sein. Wo war denn William? Sie konnte keine Bewegung ausmachen und ihr Herz fing wild an zu schlagen.

Schnell eilte sie zurück in ihr Haus, holte den Zweitschlüssel und lief zurück zu Katrinas Haus. Völlig außer Atem und mit zitternden Händen öffnete sie die Haustür und musste mit ihr erst einmal den Rolli aus dem Weg drängen, damit sie hineingelangen konnte. Irgendetwas klemmte und es kostete sie große Anstrengung, aber die Not verlieh ihr Kraft. Sie kniete neben Katrina nieder, die anscheinend mit dem Kopf auf eine Treppenstufe aufgeschlagen war. Zumindest regte sie sich nicht. Lena überprüfte die Atmung und den Puls, darin hatte sie mittlerweile Übung. Alles gut. Langsam beruhigte sich ihr Herzschlag und sie suchte das Mobilteil des Telefons, um den Notarzt zu rufen.

Das war auch so eine Sache und bereits bei allen Anwohnern ein übliches Bild. Blaulicht zu jeder Tages- und Nachtzeit vor dem Haus Nr. 10. Lena seufzte, aber es war nicht zu ändern. Doch auch sie kam langsam an ihre Grenzen, mit fünfundachtzig steckte man eben nicht mehr alles so einfach weg.

Als der Arzt ihr mitteilte, dass sie Katrina vorsichtshalber mitnähmen, um ihren Kopf zu röntgen, war Lena froh, aus der Verantwortung zu sein. Sie nickte den Sanitätern zu, als sie ihre Schwiegertochter auf einer Bahre zum Wagen brachten. Sie erkundigte sich nach dem Krankenhaus und teilte dem Arzt mit, dass sie mit ihrem Enkel nachkäme.

Dann machte sie sich wieder zurück auf den Weg in ihr Haus, rief Erik an und machte sich zurecht, um nicht in ihren Gartenklamotten in die Klinik zu fahren.

Erik war schnell da und während der Fahrt klärten die beiden die Auffindungsumstände. Die Ursache für den Sturz blieb im Unklaren.

Doch Lena wusste, dass es Erik schwer zu schaffen machte, dass seine geliebte Mutter wieder einmal einen Unfall hatte und anscheinend verletzt war. Sie sah ihren Enkel von der Seite an und bemerkte, wie seine Wangenmuskulatur arbeitete. Er wollte etwas sagen, das spürte sie. Da Erik anscheinend nicht wusste, wie er anfangen sollte, kam sie ihm zuvor:

»Sie liebt ihn, aber sie weiß es noch nicht, oder?«

Erik sah eher ertappt aus als erschrocken, und brauchte eine Weile, bis er antwortete.

»Ja, sie liebt ihn … Aber die Geschichte ist kompliziert, Oma«, fügte er mit einem Seufzer hinzu.

Oma war da eher pragmatisch und meinte nur ganz cool:

»Nein, ist sie nicht. Wenn einem die Liebe begegnet, ist nichts kompliziert. Dann greift man zu, Junge.«

Überrascht blickte Erik seine Großmutter an.

»Doch, Oma, sagte er dann, »es ist sogar noch viel komplizierter, als du es dir vorstellen kannst.«

»Papperlapapp! Ich rede mit ihr. Der Mann liebt sie doch. Das sieht ja ein Blinder.«

Erik war im Stillen froh, dass sie am Krankenhaus angekommen waren und sich auf die Suche nach Katrina konzentrieren mussten. So war er erst mal aus der Nummer heraus, Lena komplett aufzuklären. Dafür wäre mehr Zeit nötig als eine kurze Autofahrt zum Krankenhaus.

40

Alex und William saßen beim Mittagstisch im Hotelrestaurant und führten ein ernstes Männergespräch. Schon lange hatte er sich bezüglich seiner homosexuellen Neigung seinem Vater gegenüber offenbart und sie waren übereingekommen, dass es zwar nicht öffentlich werden sollte, aber von Will akzeptiert wurde. Die Offenheit war Alexander nicht leicht gefallen, aber am Ende hatte er sich seinem Vater anvertraut. Und William, der sicherlich nicht vor lauter Glück ohnmächtig geworden war, als sich Alexander outete, war insgeheim sehr froh, dass er so ein gutes Verhältnis zu seinem Sohn hatte.

»Pa«, fing Alex an, »wenn du mir und Erik vertraust, dann bitte ich dich, nach Hause zu fahren und uns die Angelegenheit zu überlassen.«

»Junge, das ist keine *Angelegenheit*«, echauffierte sich William. »Sie ist meine Liebe, die ich niemals hatte und von der ich mein Leben lang geträumt habe. So gern hätte ich dir eine Mutter geschenkt. Aber es ergab sich nicht, weil ich einer Frau nachgetrauert habe, die es nie verdient hatte«, fügte er leise hinzu, als er bemerkte, dass Alex ihn mit einer Handbewegung dazu anhielt.

»Aye, Pa. Mir ist das doch klar. Jetzt müssen wir es aber irgendwie auch der Zielperson beibringen, oder was.« Alex verdrehte die Augen, als er bemerkte, dass sein Vater widersprechen wollte. »Vertrau uns einfach. Es wird alles gut.« Er klopfte seinem Vater auf die Hand und brachte ein verstohlenes Lächeln zustande, als er hinzufügte: »Versprochen, Pa.«

William ging packen und rief ein Taxi, das ihn zum Flughafen brachte.

Alexander lief mit dem Handy am Ohr durch die Straßen und versuchte Erik zu erreichen. Er wollte mit ihm die nächsten Schritte besprechen und war drauf und dran, verrückt zu werden, als sich Erik endlich auf die zwanzig vergeblichen Anrufversuche zurückmeldete.

Als Alexander hörte, was passiert war, wurde seine Stimme

so schrill, dass sich die Passanten nach ihm umdrehten, aber er beachtete sie nicht.

»Shit!«, schrie er. »Ich habe Pa gerade nach Hause geschickt. Der ist auf dem Weg zum Flughafen. Ich werde ihn nicht erreichen können. Der Mann hat sich schon immer gegen ein Handy gewehrt und jetzt haben wir den Salat!«

»Keine Panik, Alex«, beruhigte ihn Erik. »Oma ist auf unserer Seite und Mutter hat ja nichts Schlimmes. Sie soll nur zur Beobachtung eine Nacht im Krankenhaus bleiben. Das ist für sie nichts Neues, glaub mir. Wo bist du denn jetzt? Dann komm ich mit Oma dahin. Wir müssen ihr das ganze Drama erklären.«

»Ähm«, Alex suchte nach einem Straßenschild oder einem markanten Platz. »Hier ist eine große Kirche. *Nicolai-Kirche* steht dran«, gab er Erik durch, der ihn bat, genau dort zu bleiben.

Sie trafen sich am Kirchplatz und machten sich zu dritt auf den Weg in eine kleine Brasserie.

Dort erzählten sie Lena die ganze Geschichte von William und Caithriona bis hin zum Kennenlernen der beiden Hauptakteure in dem Spektakel. Lena hörte aufmerksam zu und schüttelte zwischendurch immer wieder ungläubig den Kopf. Als die Jungs mit ihrer Erzählung endeten, lehnte sie sich in ihrem Korbsessel zurück und sah sprachlos von einem zum anderen.

»Also, das ist wirklich kompliziert«, gab sie Erik gegenüber nun doch zu; aber sie wäre nicht Lena, wenn sie dafür nicht eine Lösung fände.

Also steckten die drei die Köpfe zusammen und planten ihre nächsten Schritte. Bis Lenas Kopf auf einmal in die Höhe schoss und sie die beiden mit einem Röntgenblick ansah.

»So, Leute, bevor wir hier jetzt weitermachen, will ich wissen, was mit euch beiden los ist.« Ihr Gesichtsausdruck ließ keine Ausflüchte zu.

Also gaben sich Erik und Alexander als das zu erkennen, was sie waren: ein Liebespaar. Noch eins.

»Weiß Mama das?«, fragte Lena und sah Erik durchdringend an.

Er nickte und erklärte ihr auch diesen Sachverhalt.

»Gut, dann wird sie das also nicht mehr aus der Bahn werfen, Junge«, sagte sie und legte eine Hand auf seine. Dann sah sie Alex an und nahm auch seine Hand.

»Es ist gut«, sagte sie den beiden, gab ihnen aber auch zu verstehen, dass sie nach Hause wollte. Sie hatte nachzudenken und bekam Kopfweh. Himmel noch eins. Machten sich diese jungen Leute allesamt gar keinen Kopf darum, wie so ein alter Mensch mit so viel Dummheit umgehen sollte? Als Erik sie zu Hause abgesetzt hatte und sie in der Einsamkeit ihres kleinen Hauses anlangte, ging es ihr besser. Der Tag war aufregend genug gewesen. Was sie brauchte, war Ruhe.

Doch von Ruhe konnte keine Rede sein. In ihrem Kopf wurde Hochleistungsarbeit geleistet und immer wieder überlegte sie, wie sie Katrina in ihrer Entscheidung behilflich sein könnte.

Bevor sie auf dem Sofa im Sitzen einnickte, stellte sie sich Williams Seelennot vor, und übrig blieb nur noch die Sehnsucht, alle gemeinsam glücklich zu wissen.

41

William war wieder in Schottland angekommen und fuhr zu seinem Landhaus bei Nairn. Es war ein nahezu herrschaftliches Anwesen, das er günstig erstanden und mit eigener Hände Arbeit wieder bewohnbar gemacht hatte. Ja, nickte er, als er es endlich sah, nachdem er die lange Zufahrtsallee hinter sich gebracht hatte. Er sah schon die äußerlichen Änderungen, die im Bau waren, als er nach Deutschland aufgebrochen war, zu seiner Zufriedenheit ausgeführt.

Als das Taxi am Rondell direkt vor der großen Eingangstreppe hielt, die jetzt eine seitlich gefertigte Rollstuhlbahn bekommen hatte, lächelte er.

Die Eingangstür wurde geöffnet und Mary kam ihm fröhlich entgegen. Doch ihr Lachen erstarb, als sie sah, dass Will allein kam.

»Will, wo ist sie? Wo ist Katrina?«

»Ach Mädchen, sie ist noch daheim. Sie … Ach, die Sache ist kompliziert«, wiegelte er ab und erkundigte sich sachlich nach den beauftragten Innenarbeiten.

Er hatte Mary dazu bewegen können, ihr B&B für einige Wochen zu schließen und dafür zu sorgen, dass dieser deutsche Handwerker kam, um sein Haus für Katrina so auszurüsten, dass sie dort wunderbar leben könnte.

»Schau es dir an. Fast alles fertig.« Sie zog ihn an dem Arm, der nicht mit Gepäck belastet war, in die Halle. »Das Schlafzimmer ist nun unten und wirklich schön geworden.«

Sie inspizierten die Erneuerungen und William musste anerkennend nicken, als er das barrierefreie Bad betrachtete, das wirklich allen Ansprüchen genügen würde. Sie würde sich hier wohlfühlen. Hans, der noch ein paar Accessoires anbrachte, sah ihn an und fragte in seinem Englisch, das nur den nötigsten Ansprüchen genügte:

»*And, okay, Sör?*«

»Alles wunderbar, denke ich«, antwortete William lächelnd und schaute sich alles sehr interessiert an, um die Arbeit des Handwerkers zu würdigen. Dann wandte er sich wieder an Mary.

»Was ist mit oben?«

»Oh, da wir nicht mehr mit größeren Gesellschaften rechnen müssen, haben wir oben die Wohnung für die Jungs gemacht und ganz oben zwei kleinere Appartements.«

William zog fragend die Brauen hoch. Alexander und Erik sollten bei ihnen wohnen, das hatte er so beschlossen und veranlasst. Aber was war mit den Appartements?

»Na ja«, Mary zuckte ein wenig verlegen mit der Schulter. »Ich habe das Budget, das du mir gegeben hast, eben ausgeschöpft. Ich dachte, vielleicht kommt ja mal Besuch aus Deutschland und … das eine Appartement hatte ich so für mich gedacht. Ich lasse meine Freundin doch nicht im Stich«, grinste sie ihn nun selbstsicher an. »Ich denke, dass ich ihr willkommen wäre und sie sich freuen würde, in dieser Männergesellschaft hin und wieder Abwechslung zu haben.«

Nun lachte sie ihn ganz offen an und Wills erstaunter Blick verwandelte sich ebenfalls in ein strahlendes Lächeln.

»Mary, wenn ich dich nicht hätte. Du denkst einfach weiter als ich.« Er drückte dankbar ihre Schulter.

»Und, was meinst du, wann sie kommt?«, wollte Mary nun aber endgültig wissen, während sie sich auf den Weg in die große Wohnküche machten, die ebenfalls Marys Idee gewesen war.

»Sag du es mir, Mary. *Du* bist hier die Seherin.«

Bei einem Tee erzählte er Mary, was sich in Deutschland ereignet hatte und wie Katrina und er auseinandergegangen waren. Nicht sehr vielversprechend, musste sie eingestehen.

Was ihre seherischen Fähigkeiten betraf, war sich Mary wirklich nicht sicher, ob sie Mairi an ihrem Todestag richtig verstanden hatte. Mairi war eine Woche nach Katrinas Abreise gestorben. Mary hatte bis zu ihrem letzten Atemzug ihre Hand gehalten. Aber was ihre Großmutter ihr mitgeteilt hatte, hatte sie im ersten Moment überhaupt nicht verstanden: »Du wirst sehen, was du nicht sehen willst, und du wirst sehen, was geschehen soll. Heilen wirst du nicht mit Kräutern, so wie ich, aber mit deinem Herzen, wie du es schon immer getan hast.«

Immer noch dachte sie über Mairi nach und immer wieder stolperte sie über diesen rätselhaften Ausspruch. Da sich die Ereignisse jedoch seitdem überschlugen, hatte sie diese Gedanken völlig verdrängt und sich in die Arbeit gestürzt, um William bestmöglich zu unterstützen.

William hatte also Alex die Überzeugungsarbeit überlassen, wobei in Mary, angesichts seines Charmes, leichte Hoffnung aufkeimte.

Etwas anderes brannte ihr jedoch noch auf der Seele, was sie ebenfalls wegen der hochtourigen Änderungen an Bau und Leben bisher nicht hatte in Erfahrung bringen können. Und sie fragte ganz unverblümt:

»Duffy, der Schäfer«, sie zeigte mit einer ausladenden Geste und meinte Grund und Haus und Raum und alles, was ein Schäfer nie besitzen würde. »Wer bist du wirklich, William Duff?«

Irgendwann würde er sich erklären müssen, das wusste er; und na ja, es war wohl an der Zeit. Also erzählte er Mary von den Edelsteinen, die er aus der Vergangenheit mitgebracht hatte, und wie er sie sehr gewinnbringend eingesetzt habe. Er hatte sich ein kleines Handelsimperium aufbauen können und vertrauenswürdige Mitarbeiter generiert. Mit einem kleinen Auktionshaus hatte es begonnen, denn er kannte sich wie kein zweiter in der Materie Mobiliar und Waffen aus dem siebzehnten und achtzehnten Jahrhundert aus. Dafür brauchte er keine Computer und sonstige Hightech, nur sein geschultes Auge. Und das war schnell bei vielen gefragt, die in die Richtung investieren wollten. Nie hätte er gedacht, damit Geld verdienen zu können, und dann auch noch so viel. Er hatte seinen Sohn gut ausbilden lassen, sodass dieser in der Lage wäre, das Ganze zu gegebener Zeit fortzuführen, und stellte fest, dass es ihm anscheinend gelungen war.

»Und was soll das mit den Schafen?«, fragte Mary

»Aye, die Schafe …« Wills Blick entfernte sich aus der Gegenwart. »Das ist einerseits, denke ich, ein Relikt aus der Vergangenheit, als ich bei den Schäfersleuten gesund gepflegt wurde und dort auch das Schäferhandwerk erlernte, andererseits die Möglichkeit, Dunnottar Castle im Blick zu behalten, wegen der Weissagung von Moirra.« Er sah Mary nun wieder direkt an. »Aber es ist auch eine Art, wie man es schaffen kann, seine Bodenhaftung nicht zu verlieren. Sieh es als Hobby. Andere spielen Golf oder was weiß ich … Ich stelle mich lieber dem Althergebrachten.« Er zuckte er mit den Schultern.

»Ah, sozusagen entfliehst du dem Fortschritt und unserer Zeit, um a) nicht zu vergessen und b) zu würdigen, was du erreicht hast? Versteh ich das richtig?«, versuchte Mary es auf den Punkt zu bringen.

»Ich denke, du siehst es wenigstens nicht ganz falsch, obwohl es ein wenig komplizierter ist«, antwortete er.

156

42

Katrina wurde am nächsten Morgen aus dem Krankenhaus entlassen und die Familie hatte beschlossen, dass sich jeweils einer im Haus aufhalten sollte, um auf sie aufzupassen.

Erik hatte also kurzerhand Alex aus dem Hotel ausgecheckt und bei Katrina einquartiert. Während er arbeiten war, wechselten sich Lena und Alex ab.

Alexander war nicht auf Urlaub da, wie Lena erst vermutet hatte. Er musste diverse Geschäftstermine wahrnehmen. Manchmal war er zwei Tage fort, aber zu dritt ging es trotzdem ganz gut, sich die Dienste zu teilen. Katrina war zwar nicht bettlägerig, aber doch ziemlich geschwächt. Katrina fühlte sich nicht total observiert, denn die anderen versuchten so diskret wie möglich ein Auge auf sie zu haben. Nein, im Grunde fand sie es schön, die Jungen und auch Lena um sich zu wissen.

Eines Morgens kam sie gerade aus dem Bad, als ihr Alex völlig ungeniert, nur mit einem Handtuch um die Hüften, entgegenkam, um zu duschen.

Er hatte einen schönen Körper, schlank und muskulös, wie einem Modekatalog für Herrenunterwäsche entsprungen. Es verkrampfte ihr ein wenig das Herz, als sie daran dachte, dass sein Vater einmal genauso schön gewesen war. Auch das Gesicht war wie gemalt, die azurblauen Augen funkelten wie Sterne in einer eisigen Winternacht. Die schwarzen, lockigen Haare umgaben sein Gesicht wie ein Rahmen aus Ebenholz ein schönes Gemälde.

Ach, wäre sie William doch nur vierzig Jahre eher begegnet. Aber was hätte das genutzt, da war er noch im achtzehnten Jahrhundert glücklich mit Caithriona und sie im zwanzigsten Jahrhundert.

Sie nickte Alex lächelnd zu und gab die Badezimmertür frei, in der er verschwand.

Katrina dachte nur: Was für eine Verschwendung. Er wäre der Letzte seiner Art und würde wohl nicht für Nachwuchs sorgen. Ein bisschen wünschte sie sich, Erik wäre ein Mädchen; aber na ja, es war eben, wie es war.

Anscheinend hatte Alex nichts weiter vor, denn er setzte sich zu Katrina an den Frühstückstisch und ließ es sich schmecken. Er strahlte so eine intensive Ruhe aus, dass Katrina sich direkt wohl fühlte, ihn um sich zu haben. Komisch, dachte sie. Genau das gleiche Gefühl hatte sie auch bei William. Sie fühlte sich von Anfang an gewollt und geborgen. Aber sie wollte ihn nicht in ihrem Kopf. Er suchte jemand anderen, nicht sie. Aber wie sollte sie ihn sich aus dem Hirn schlagen, wenn sie der jüngeren Version gegenübersaß? Zum Aufstehen konnte sie sich aber auch nicht aufraffen, zu sehr genoss sie seine Gesellschaft.

Auch wenn sie sich bisher nur über Belanglosigkeiten ausgetauscht hatten, während sie aßen, war es dieses bestimmte Timbre in der Stimme, das sie immer wieder an William erinnerte.

»Hmm, das ist wirklich gut. Wie heißt die Wurst? Erik schwärmt so davon. Er hat total recht«, sagte er kauend und wedelte mit einer Scheibe Brot herum, die er mit Holsteiner Mettwurst belegt hatte.

»Ja, seine Lieblingswurst«, grinste Katrina.

»Weißt du eigentlich, wie ich ihn immer um seine Mutter beneidet habe?«, fragte er sie ganz offen.

»Erik ist aber nicht mein eigener Sohn, das weißt du schon, oder?«

»Hat das je eine Rolle für dich gespielt?«, lächelte er, weil er die Antwort bereits kannte.

»Nein«, sagte Katrina wie erhofft und lächelte zurück.

Auf seine charmante Art hatte Alex das Eis gebrochen, obwohl es gar nicht unbedingt so eisig in Katrinas Gesellschaft war, aber es waren Brücken zu schlagen, um an ihr verletztes Herz zu gelangen.

»Erik war damals ein Geschenk für mich, weißt du? Ich hatte auch zwei Söhne oder besser, ich *hätte* sie gehabt, aber sie waren beide tot, als sie zur Welt kamen. Und dann kam Erik in mein Leben«, ihr Blick glitt aus den Fenster und landete irgendwo im Abseits. Alex wusste zwar, dass Katrina Kinder gehabt hatte, aber dass sie sie eigentlich gar nicht gehabt hatte, war ihm neu und er verspannte sich ein wenig.

»Das tut mir so leid. Aber Erik hatte mir das nicht erzählt, ich meine, dass sie …« Er konnte das nicht vertiefen. Plötzlich hatte er einen Kloß im Hals. Unwillkürlich griff er ihre Hand, um sie zu trösten, vielleicht aber auch, um sich selbst zu trösten.

»Meine Mutter habe ich nie kennen gelernt«, sagte er geistesabwesend. »Aber sie wollte mich ja auch nicht.«

Das zeigte Wirkung, denn Katrinas Augen fixierten die seinen.

»Natürlich wollte sie dich. Zeig mir eine Mutter, die ihr Kind nicht will. Das gibt es doch gar nicht. Als sie abstürzte, warst du es, den sie um jeden Preis retten wollte, Alexander.«

»Meinst du?«, antwortete er mit einem misstrauischen Unterton, der Katrina verwirrte. »Vielleicht wäre das so, wenn ich aussehen würde wie dieser Sommersby, aber ich denke, meine Herkunft kann ich nicht verleugnen, oder?« Der Versuch, das mit einem Grinsen zu untermalen, missglückte ihm.

Und nun war es geschehen, er konnte nicht zurück. Also trat er die Flucht nach vorne an und klärte Katrina schonungslos darüber auf, was sein Vater und er in den letzten Wochen herausgefunden hatten.

Caithriona war ein eiskaltes Biest, die nicht vergewaltigt worden war, sondern ein Verhältnis mit Sommersby hatte und William sein Kind unterschieben wollte. Auch war sie nicht mit dem Baby entführt worden, sondern hatte es nur so aussehen lassen, damit William nicht hinter dieses Intrigenspiel kam. Als er dann bei Dunnottar Castle aufkreuzte, hatte William zwar seine Frau unverschuldet in den Tod geschickt, aber das Kind hatte sie nur gerettet, weil sie glaubte, es sei von Sommersby. Der wiederum hatte von diesem Moment an kein Interesse mehr an dem Jungen, als er sehen konnte, wer der Vater war. Alexander ließ seine ganze Verachtung für seine Mutter in diese Geschichte einfließen, sodass Katrina ein Kälteschauer nach dem anderen durch die Glieder zuckte. Als er endete, sah er in Katrinas bleiches Gesicht.

»Glaub mir, lieber hätte ich dich zur Mum als diese Frau. Gott sei Dank habe ich sie nie gesehen. Dann kann ich mich auch nicht erinnern. Wie mein Vater jemandem hinterhertrauern konnte, der es nicht verdient hat ...« Jetzt lag Wut in seiner Stimme und Katrina nahm seine ganze Anspannung wahr.

Sie legte ihm die Hand auf die Schulter und zwang ihn, sie anzusehen.

»Alexander, trauert er ihr immer noch hinterher?« Aus irgendeinem Grunde musste sie ihn das fragen und hörte postwendend:

»Pah, glaubst du das? Natürlich war er erst traurig und dann verbittert. Keine Ahnung, wie viele emotionale Stufen er in den letzten Wochen durchlaufen hat. Aber eins kannst du mir glauben«, er machte eine kleine Pause, »er ist nur wegen *dir* hierhergekommen. Er liebt dich, Katrina. Er weiß es nicht erst seit der Aufdeckung dieser Intrige. Er wusste es eigentlich schon in der Jagdhütte ... Und na, du weißt, wovon ich spreche.«

Katrina sah wieder in dieses karibische Blau, in das sie sich auch bei William hatte versenken können. Die Offenheit, in der Vater und Sohn anscheinend miteinander umgingen, beeindruckte sie. Sie spürte, wie sich ihre Wangen röteten, weil Alex offensichtlich wusste, dass sie miteinander geschlafen hatten. Also räusperte sie sich und sagte genauso offen:

»Ja, Alex, es gibt Dinge im Leben, die erlebt man nur einmal, und das war in der Tat eine Nacht, die ich nie vergessen werde.« Sie stand auf, um mit dem Tischabräumen ihre Hände zu beschäftigen. Dann drehte sie sich plötzlich zu ihm um und sagte mit fester Stimme:

»Alex, ich glaube dir die Geschichte mit deiner Mutter. Es fügen sich damit so viele Ungereimtheiten zusammen, die ich nicht verstanden hatte. Bis jetzt.«

Alex sah sie erstaunt an und wartete, ungeduldig auf dem Stuhl hin und her rutschend, auf die Enthüllung.

»Weißt du, ich begreife jetzt erst, warum mir in Dufftown fast sofort übel wird und ich Dunnottar Castle abgöttisch geliebt habe. Dann habe ich etwas auf Gälisch gesagt, obwohl ich das gar nicht verstehe und noch weniger sprechen kann, aber bei einem Satz habe ich direkt die Verwirrtheit in Williams Augen gesehen.«

»Was war das denn für ein Satz?«, wollte Alexander wissen.

»Alex, das kann ich dir nicht mehr sagen. Es war so, als hätte nicht ich gesprochen, verstehst du. Es kam aus meinem Mund, aber nicht aus meinem Kopf.« Sie hob ratlos die Schultern.

»Na, dann sag ich dir das wohl auch mal besser, oder? Es war der Satz: *Teigh i dtigh diobhail.* Das heißt übersetzt: ›Scher dich zum Teufel.‹ Und wenn ich mich richtig erinnere, hatte Pa gesagt, dass es auch so herausgekommen ist, wie es gemeint war.«

»Ja, das glaube ich, obwohl ich mich nicht an meine Stimme erinnere, aber wie gesagt, ich habe seine Augen gesehen. Und die sprechen bei euch beiden Bände.« Lächelnd blickte sie ihn an.

Mutig wagte sich Alexander auf sie zu und umarmte sie zärtlich. Er wollte sie nicht überfallen, aber er musste es einfach tun und sie ließ es zu. Alexander war größer als sein Vater und genauso sehnig. Sie legte ihren Kopf an seine Brust und spürte seine Wärme.

»Mum«, sagte er, »komm mit uns nach Schottland. Vater liebt dich wirklich. Er hat mir gesagt, wenn er dich im Arm hält, fühlt es sich an wie Heimat. Wenn Heimat etwas ist, was sich bekannt, wohlig und verbunden anfühlt.«

Katrina blickte zu ihm auf und hatte Tränen in den Augen.

»Das hat er gesagt«, fragte sie mit zittriger Stimme.

»Ja, Katrina, das hat er gesagt und das hat er auch so gemeint, darauf gebe ich dir mein Wort. Und weißt du was? Er hat recht. Ich habe es gerade genauso empfunden.«

Katrinas Beine wurden weich und sie löste sich aus der Umarmung, um sich auf das nächstbeste Sitzmöbel fallen zu lassen.

»Ich kann nicht Alex«, sagte sie mit erstickter Stimme. Tränen liefen ihr über die Wangen, als sie zu ihm aufblickte. »Schau mich an, ich bin ein Zustand. Ich bin unnütz. Ich kann nicht in einem Koben leben, ohne Hilfsmittel, abgeschnitten von der Zivilisation. So gern ich das auch wollte.« Es quollen regelrechte Sturzbäche aus ihren Augen. »Wüsste ich noch nichts von dieser Krankheit, glaub mir, ich würde nicht eine Sekunde zögern, aber so …«

Sie legte ihre Arme auf den Tisch und barg schluchzend ihren Kopf hinein.

Damit konnte Alexander nicht wirklich gut umgehen.

Leise zog er eine alte Clansbrosche aus der Jeans, auf der das Motto der MacDuffs mit einem Wappen prangte. *Deus Juvat.*

»Von Vater«, flüsterte er, als er es neben sie auf den Tisch legte.

Er drückte ihre Schulter, hauchte ihr einen Kuss aufs Ohr und verließ die Küche auf leisen Sohlen. Er stahl sich aus dem Haus, denn er brauchte frische Luft. Er schlüpfte in Lenas Terrassentür, die stets geöffnet war, und gab ihr Bescheid, dass er für eine Weile fort müsste.

Lena machte sich umgehend zu ihrer Schwiegertochter auf. Und dieser Gang fiel ihr schwerer als alles, was sie bisher getan hatte. Sie würde Katrina wehtun müssen, damit sie endlich begriff.

43

Immer noch im Unklaren darüber, ob sie mit liebevollem Zureden oder grausamer Guerilla-Taktik würde vorgehen müssen, fand Lena Katrina am Küchentisch. Sie starrte auf ein rundes, altes Ding, das sie ständig mit ihren zittrigen Fingern drehte, als betete sie einen Rosenkranz. Die geröteten, verwässerten Augen erzählten ihr von dem Leid und der Zerrissenheit, die in Katrina tobten.

Kopfschüttelnd sah sie zu Katrina herunter und ließ sich mit einem Seufzer neben ihr auf einem Stuhl nieder. Ihre Hand wanderte zu Katrinas und stoppte dieses sinnlose Ritual, in das sie sich offensichtlich geflüchtet hatte.

»Ach Mädchen. Hör endlich auf zu weinen und folge deinem Herzen«, sagte Lena gequält. Auch sie hatte eigentlich noch nicht den Mut gefunden, ihrer Schwiegertochter die Entscheidung leicht zu machen. Sie liebte sie so sehr und würde sie vermissen.

»Ich kann nicht. Du weißt das doch selber ganz genau. Ich bin ein Pflegefall! Das hat doch alles keine Zukunft.« Sie sah Lena mit ihren verheulten Augen an.

»Ja, das bist du wohl, und besser wird es wohl auch nicht mehr mit dir«, gab Lena ihr zu verstehen, aber nun hatte sie für sich entschieden. Sie stand auf, ging zur Küchenspüle, über der sie aus dem Fenster in den Garten schauen konnte, und beobachtete den Reiher im Gartenteich, der sich wieder ihre Goldfische stehlen wollte. Sie wurde wütend. Genau das, was sie jetzt brauchen konnte, dachte sie und fuhr fort:

»Langsam habe ich von deinem Selbstmitleid die Nase gestrichen voll. Du suhlst dich ja förmlich in dieser beschissenen Krankheit, dabei hat sie noch nicht einmal richtig angefangen.« Sie wusste, dass sie über das Ziel hinausschoss, denn Katrina war nur vorsichtig, aber sie bejammerte ihr Schicksal nicht. Aber nun war ihr jedes Mittel recht.

»Es wird noch lange dauern, bis du ein wirklicher Pflegefall sein wirst. Die paar Blessuren bis jetzt sind wohl nicht der Rede wert. Und dieser Mann liebt dich. Wenn du das nicht siehst, dann bist du dümmer, als die Polizei erlaubt.«

Katrina sah ihre Schwiegermutter ungläubig an und verstand überhaupt nicht, was da gerade passierte. Wieso war sie so gemein?

»Lena, was habe ich dir denn getan? Ich wusste, dass du sauer darüber sein würdest, dass ich bei William schwach geworden bin. Ich wollte das doch gar nicht. Es ist einfach passiert, aber deshalb vergesse ich doch Daniel nicht.«

»Daniel?« Lena starrte sie an, als hätte gerade eine Blumenvase das Sprechen gelernt. »Hier geht es nicht um Daniel«, herrschte sie Katrina an. »Falls du es noch nicht gemerkt hast, meine Liebe: Daniel ist tot. Und auch wenn er mein Sohn war, den auch ich geliebt habe, wird er wohl in Zukunft auch tot bleiben.« Lena nahm Fahrt auf. Sie begriff, wo Katrinas Problem lag, zumindest eins davon, und das würde sie sofort und ein für alle Mal lösen.

»William lebt und er liebt dich. Und, was soll ich sagen: Als ich es endlich mit meinen alten Augen gesehen und mit meinem eingerosteten Geist begriffen hatte, habe ich mich so für dich gefreut.«

»Ja, vielleicht liebt er mich wirklich, aber er wird mich hassen, wenn die Zeit mit mir schwieriger wird«, versuchte Katrina sich wieder in altbewährte Abers zurückzuziehen.

»Quatsch mit Soße«, retournierte Lena ärgerlich. »Schon wieder kommst du mit deiner verdammten Krankheit um die Ecke. Hör auf, dich dahinter zu verstecken. Verflucht noch mal. Der Mann kennt dich damit. Er hat dich so kennen gelernt und ganz offensichtlich kann er gut damit umgehen. Ich habe euch zugesehen. Er weiß, was auf ihn zukommt. Wenigstens stört ihn das nicht, so wie es Daniel gestört hat.«

Jetzt wurde Katrina hellhörig. Daniel hatte es gestört? War ihr das aufgefallen? Nein, eigentlich nicht. Andererseits hatte sie ab und zu das Gefühl gehabt, dass er wegen des Rollstuhls peinlich berührt war, aber wenn sie mit ihm eingehakt spazieren gegangen war, war er eigentlich wie immer gewesen. Er gab ihr Sicherheit und fürsorglich war er auch. Da konnte sie ihm wirklich nichts vorwerfen. Außer … Er hatte sie seit geraumer Zeit nicht mehr körperlich geliebt. Das hatte sie aber als nicht besonders verstörend gefunden, musste sie sich eingestehen. Augenscheinlich hatte er sich bei Lena über sie beschwert. Das musste sie jetzt einfach wissen und fragte nach:

»Hat Daniel gesagt, was ihn störte?«

»Ja, Kind. Er hat oft beklagt, dass du nicht mehr mit auf Partys möchtest, und fand den Rolli nervig und peinlich. Er kam damit genauso wenig zurecht wie du. Leider.«

Wahrheit war nie angenehm, aber Katrina musste zugeben, dass die Fassade des liebevollen Ehepaares bröckelte. Aber sie hatte einfach nicht so sehr darauf geachtet.

»Dieser Schotte wird dich umsorgen. Er wird für dich da

sein, und was das Beste an der Geschichte ist, er liebt dich um deinetwillen. Das steht mal fest«, setzte Lena hinterher.

»Ich kann hier aber nicht weg«, wurde jetzt auch Katrina etwas massiver. »Ich lasse dich hier nicht allein, das kann ich nicht.«

»Ha«, schnauzte Lena zurück und nun wusste sie, dass der nächste Treffer ins Herz gehen musste. Sie schloss für einen Moment die Augen und drehte sich zu Katrina.

»Schau mich an, Kind. Ich bin fünfundachtzig Jahre alt. Glaubst du wirklich, dass ich es brauche, mich um dich kümmern zu müssen? Ich werde selber alt und gehe ab und an schon auf dem Zahnfleisch. Dann verlangst du wirklich von mir, dass ich weiter nach dir schaue. Ich hätte es doch viel einfacher, wenn du nicht hier wärst, ist dir das schon mal in den Sinn gekommen?«

Wäre es ein Pfeil gewesen, wäre er tatsächlich tödlich gewesen. Lena wurde übel wie lange nicht mehr, als sie Katrina zusammensinken sah und lautlose Tränen sich wieder einmal ihren Weg über die blassen Wangen suchten. Das hatte sie nicht gewollt, aber es war nicht anders möglich. Kurz überlegte sie, ob sie einlenken sollte, aber sie besann sich auf ihr Ziel und hoffte von Herzen, dass ihre böse Tirade auch wirklich zielführend war.

Doch sie wäre nicht Lena, wenn sie Katrina einfach so sitzen lassen würde, und sprach nun sanft zu dem Häufchen Elend:

»Was hältst du da eigentlich so krampfhaft fest?«

»Williams Clan-Motto … es meint *Gott hilft*«, antwortete Katrina mechanisch und wie von weither.

»Ah«, murmelte Lena. »Dann wollen wir das mal so hoffen.«

Einen Augenblick blieb sie noch in der Küche stehen, unschlüssig, ob sie gehen oder bleiben sollte. Doch dann hörte sie Autotüren zuschlagen und wusste, dass Katrina nicht allein sein würde. Sie beeilte sich, aus dem Haus zu kommen. Auf ihrem Sofa sitzend seufzte sie laut, bevor auch sie in Tränen ausbrach.

165

44

Erik und Alexander kamen herein und lachten noch über etwas, das sie sich soeben erzählt hatten, als ihre unbeschwerte Fröhlichkeit bei Katrinas Anblick einen herben Dämpfer erlitt. Beide sahen sich hilflos an, kamen aber zu dem Schluss, dass sie Nägel mit Köpfen machen mussten, und das, bevor Katrina Dummheiten machte. Erik sah die Pille, die Katrina zwischen Zeigefinger und Daumen anstarrte, und das erforderte besonnenes Handeln. Er trat an sie heran, drückte ihr einen Kuss auf die Wange und nahm ihr im selben Zuge das tödliche Medikament aus den Händen.

Er wusste, dass seine Mutter sie stets in dem kleinen Röhrchen, das als Kettenanhänger gefertigt war, um den Hals trug. Sie hatte zwei kleine rosa Pillen, eine zur Vorsicht, falls die andere verloren ging. Für ihn waren es Zeitbomben, aber letztlich konnte er seine Mutter verstehen und hatte sich an den Gedanken gewöhnt, dass sie sich vor dem totalen Zusammenbruch ihres Körpers das Leben nehmen wollte. Doch es war noch nicht an der Zeit. Nein, nicht jetzt.

»Mama, was soll das?«, mahnte er in einem zärtlichen Ton, denn es war ihm klarer denn je zuvor, dass Fingerspitzengefühl vonnöten war.

»Liebst du mich?«, fragte er, immer noch leise, aber eindringlich. Dabei sah er seiner Mutter fest in die graublauen Augen.

»Natürlich liebe ich dich, Erik, das habe ich immer getan, das weißt du doch, oder?«

»Dann würdest du mich trotzdem alleine lassen?«, drang er vorsichtig in sie.

»Ach Junge ... Ich kann einfach nicht mehr.«

»Doch, du kannst. Wir alle lieben dich sehr und du hast nicht das Recht, dich klammheimlich davonzustehlen.«

»Warum nicht? Ich bin doch für alle nur eine Belastung. Lena hat es mir gerade ganz deutlich gesagt. Und das ist doch die Wahrheit.« Stöhnend sackte sie wieder zusammen und Erik verdrehte die Augen ob dieser völlig übertriebenen Selbstaufgabe. Er kannte auch die Kämpferin, die in dieser Frau steckte, die ihn aufgezogen hatte, und nickte Alexander zu, ihm gleich zu folgen.

Mit einer geschmeidigen und kraftvollen Bewegung schnappte er sich seine Mutter, die gerade noch ihren Arm um seine Schultern legen konnte, um Halt zu bekommen, und trug sie durch den Garten zu Lena.

Auch wenn die nicht unbedingt dazu aufgelegt war, sich dem Nervenbündel Katrina an diesem Tag noch einmal gegenüberzusehen, es musste wohl sein. »Wieso«, hatte sie weinend immer wieder vor sich hingebrabbelt, »nimmt dieses Mädchen nicht den Zug ins Glück?« Klar, sie war nie egoistisch und stellte sich immer in den Dienst anderer, aber sie musste doch auch langsam begreifen, dass auch sie mal dran war.

Nun standen sie zu viert in Lenas kleiner Wohnstube und während ein Augenpaar das eines verängstigten Rehs hätte sein können, lauerten die anderen drei auf eine falsche Bewegung. Und die kam in Form eines Fluchtversuchs von Katrina.

»Nein«, sagte Erik scharf und verstellte ihr den Weg. »Jetzt hörst du zu. Es kann ja sein, dass du in dein Unglück laufen willst, aber reiß nicht alle anderen mit.«

Katrina blieb mit verwirrtem Blick vor ihrem Sohn stehen.

Alex trat zu ihr, nahm sie am Arm und geleitete sie zum Sofa. Alle anderen nahmen ebenfalls Platz und dann erklärten sie Katrina, warum sie sich alle so fremdartig und direkt feindselig benommen hatten …

Als Katrina begriff, dass es alle drei nur gut mit ihr gemeint hatten, sogar Lena, sah man ihr an, wie die Anspannung und auch die Traurigkeit nicht nur ihre Gesichtszüge, sondern ihren ganzen Körper verließen. Lange saßen sie zusammen und bestärkten Katrina darin, nach Schottland zu gehen. Mehrmals beteuerten sie ihr, dass William es wirklich ernst mit ihr meine und keine andere Frau als seine Katrina haben wolle. Am Ende lag sie einer wie gewohnt liebevollen Schwiegermutter in den Armen und wurde gewahr, dass auch Erik plante, für immer nach Schottland zu gehen. Er wollte bei Alex bleiben und sich nicht wieder von ihm trennen, so wie er es im Studium hatte tun müssen.

Es war also abgemacht und die Jungs drückten ihre Mum innig an sich und strahlten sie an. Auch ihr Lächeln kam wieder von Herzen.

Zwar fürchtete sich Katrina vor einem Leben wie im achtzehnten Jahrhundert und dachte an den Koben ohne Komfort, aber selbst das wurde zur Nebensache und störte ihre Vorfreude nicht.

Ihre Zerrissenheit war ja nicht nur dadurch begründet, dass sie niemanden allein lassen wollte. Nein, auch sie liebte. Nur hatte sie immer gedacht, dass sich alles wie ein Traum verflüchtigen würde. Und doch stimmte es, was Lena gesagt hatte. William hatte ihre Probleme mit so einer Selbstverständlichkeit hingenommen oder ignoriert, wie auch immer, dass sie sich bei ihm nie als halber Mensch vorgekommen war. Sie hatte seine Liebe und seine Wärme gespürt und spürte sie auch jetzt. Er wollte sie. Das war so ein schönes Gefühl.

45

Erik verkaufte sein Auto, für Katrinas Haus wurde ein guter Mieter gesucht, der auch auf Lena ein Auge haben würde, und die unverzichtbare Habe, die unbedingt mit nach Schottland sollte, wurde per Spedition aufgegeben. Nach einer feucht-fröhlichen Verabschiedung von Lena machten sich die drei auf die Reise per Flieger nach Inverness.

Dort stand Alexanders Wagen bereit. Nachdem das Gepäck im geräumigen Kofferraum des gepflegten Land Rover verstaut und die Reisenden eingestiegen waren, machten sie sich durch die Stadt auf den Weg über die gewohnte A96.

Argwöhnisch wurde Katrina jedoch, als sie an der Abfahrt Nairn die Schnellstraße verließen und bald in die schmale Allee zu Williams Herrenhaus abbogen.

»Müssen wir noch woanders vorbei?«, fragte sie Alex.

Die beiden Jungen schauten sich schmunzelnd an und Erik schummelte sie bejahend an.

Als sie im Rondell vor dem Haus anhielten, ging die Eingangstür auf und Katrina staunte nicht schlecht, als Mary auftauchte. Derweil hatte Erik schon das Auto verlassen und öffnete ihr die Tür, um ihr herauszuhelfen. Mary flog fast die Stufen zu ihrer Freundin herunter und umarmte sie schwungvoll.

»Da bist du ja endlich, meine Liebe.«

»Bist du umgezogen? Da hast du jetzt aber gewaltig mehr Arbeit, bei so einem großen Haus, Mary«, staunte Katrina nicht schlecht.

Mary sah Alexander und Erik fragend an und verstand den Wink sofort. Katrina wusste also immer noch nicht, dass sie hier wohnen würde.

»Komm herein. Ich zeige dir alles.« Mary unterdrückte ein Schmunzeln und geleitete Katrina ins Haus. Sie beschrieb in der Halle, zu welchen Räumen die Türen führten, und wies auf die Treppe, wobei sie nur erwähnte, dass die Jungs oben schlafen würden. Sie könne sich das später ansehen. Dann führte sie Katrina in das neu gestaltete Schlafzimmer. Geräumig und sehr komfortabel ausgestattet ließ es keine Wünsche offen. Auch von dem Bad war Katrina angetan.

»Hier ist euer Zimmer«, konnte sich Mary nicht verkneifen zu sagen.

»*Unser* Zimmer?«, fragte Katrina mit hochgezogenen Brauen und bemerkte das verstohlene Grinsen, das Mary so dringend zu verstecken suchte.

»Oh, na ja, klar«, stotterte sie. »William kommt auch her, nicht wahr?«

»Aber ganz sicher, meine Liebe.«

In dem Moment öffnete sich die Tür und Erik brachte ihr persönliches Gepäck, sah sich kurz um und nickte Mary anerkennend zu.

»Echt schön, das Zimmer«, lobte er und machte Mary ein heimliches Zeichen, damit sie seine Mutter in die Richtung dirigierte, wo eine Überraschung auf sie warten sollte.

Also brachte Mary ihre Freundin durch die große Wohnküche auf die noch größere Terrasse. Von dort aus hatte man einen wunderbaren Blick auf den Fjord und einen zauberhaft angelegten Garten. Katrina atmete tief die Seeluft ein und versicherte Mary, dass es ein wundervoller Ort sei, den sie für ihr neues B&B ausgesucht habe.

Erik und Alexander gesellten sich zu den beiden Frauen und drängten in Richtung Strand, der allerdings viel tiefer lag als das Grundstück und über eine Treppe zu erreichen war.

Was noch keiner sehen konnte, aber was Mary Alex schon per WhatsApp geschickt hatte, war die neu angebrachte Holzrutsche, die breiter und, vollständig aus Holz, auch wertvoller war als eine Kinderrutsche und die Treppe seitlich nach unten begleitete. Es war ein herrlich sonniger Tag. Als nun der Abgang deutlich in Sicht kam, trat Mary etwas zurück, damit die beiden Jungen Katrina packen konnten. Übermütig griffen sie ihre Mutter und bugsierten sie schwungvoll in die Holzrinne, während sie ausgelassen johlten wie junge Hunde.

Katrina, die erst erschrocken aufkreischte, aber dann verstand, dass es sich um eine Rutsche handelte, lachte ebenfalls, als sie Fahrt aufnahm. Nach einem Bogen, die die Rutsche machte, sah sie William, auf den sie auch ungebremst zusteuerte. Er fing sie lachend auf und drückte sie glücklich an sich. Dann sahen sie einander in die Augen und wussten im gleichen Moment, dass sie nichts anderes auf dieser Welt hätten haben wollen als die Liebe, die sie sich jetzt nur mit Blicken senden konnten.

Mittlerweile waren auch die anderen über die Rutsche nach unten auf den Strand gelangt und benahmen sich völlig ausgelassen.

»Tolle Idee, Pa«, rief Alex atemlos, als er die Treppe schon wieder hocheilte, um noch einmal zu rutschen. Mehrere Male wiederholten Erik und Alex juchzend die Fahrt, als wären sie noch im Vorschulalter.

»Alex, Erik«, rief William die beiden an seine Seite und nahm auch Mary dazu.

»Katrina, ich heiße dich in meinem Haus willkommen und

ich hoffe, es gefällt dir hier.« Er zeigte auf Haus und Grund und Strand und Katrina ging unwillkürlich der Mund auf.

»Aber«, wollte sie gerade beginnen, als er ihr den Mund mit einem Kuss wieder verschloss.

»Ich will, dass das auch dein Haus ist, *mo bheatha*. Und darum frage ich dich hier unter Zeugen«, und damit wies er auf die anwesenden Söhne und Mary: »Katrina Bruis, nimmst du mich, William Duff, zu deinem Mann für ein Jahr und einen Tag, dann antworte mit »Ja«.«

Sie wusste, was *handfasting* war, und sie kannte auch die Regel, dass ein Jahr und ein Tag die Befristung war, nach der man sich endgültig entscheiden musste, ob man blieb oder ging.

Überwältigt von der Geste, wollten sich wieder Tränen in ihre blauen Augen stehlen, doch sie blinzelte sie weg. Mit zitternder Stimme, aber dennoch hörbar, brachte sie ein »Ja, ich will« zustande.

»Dir ist aber schon klar, dass ich fest mit der Trauung nach Ablauf dieser Frist rechne, *mo bheatha*«, fügte William lächelnd an und küsste sie lange und sanft, spürte aber noch, wie sie nickte, und nahm sie fester in den Arm.

Dann löste sie sich von ihm und sah ihn fragend an.

»Was heißt das eigentlich, dieses *mo bheatha*, William?«

»*Mein Leben*, Katrina. Es heißt *mein Leben*. Und das bist du. Nur du, glaubst du mir das endlich?«

Diesmal zog sie ihn zu sich herunter und küsste ihm zärtlich auf die Stirn.

»Ja, Will. Ich glaube dir. *Mo bheatha*.«

Epilog

In der folgenden Zeit lernten sich Katrina und William richtig kennen. Sie hatten sich schließlich jeweils ein ganzes Leben zu erzählen. Sie liebten sich, genossen den Koben und die Jagdhütte und Katrina fing sogar das Schafehüten an zu lieben. Sie lernte zu verstehen, warum William dieses Hobby pflegte. Es war so ursprünglich und ungemein beruhigend. Die beiden hatten beschlossen, sich immer die Wahrheit zu sagen und keine Geheimnisse voreinander zu haben, und so hatte Katrina auch offen gesagt, wie sie sich ihr Lebensende vorstellte.

Nach einem Jahr und einem Tag, nachdem Katrina nach Schottland gegangen war, um mit William ihren Lebensabend zu verbringen, feierten sie eine Doppelhochzeit. Auch Erik und Alexander gaben sich das Ja-Wort und übernahmen Williams Firma.

Katrina hatte in seiner Gesellschaft mehr gute als schlechte Tage und William wachte peinlichst darüber, ihre Möglichkeiten nicht zu überfordern. Er hegte und pflegte sie, als wäre sie eine wertvolle Ming-Vase. Aber sie war für ihn noch viel wertvoller als so ein banales Stück Porzellan. Sie war sein Leben.

Mary kam oft zu Besuch und Erik holte Lena zwei bis dreimal im Jahr aus Deutschland. Auch Lena fühlte sich wohl bei ihren Urlauben in Schottland, doch irgendwann wollte sie immer wieder heim.

Als Katrina sie bat, doch für immer zu bleiben, sah die alte Dame sie an, schüttelte den Kopf und meinte nur:

»Mädchen, so gern ich euch alle habe und auch um mich habe, aber einen alten Baum verpflanzt man nicht.«

Das war das letzte Mal, dass sie Lena sahen.

Auch wenn Katrina länger, als sie gedacht und jemals gehofft hatte, ihren Verfall hatte hinauszögern können, verlor sie doch nach und nach die Fähigkeiten, die ihr Leben vielleicht noch lebenswert hätten machen können.

Ihr Sehvermögen ging dahin. Sie sah nur noch doppelt. Ihre Sprache wurde verwaschen, und wer nicht ständig Umgang mit ihr hatte, verstand sie nicht. Ihre Hände wurden steif, sodass ihr das Greifen fast unmöglich wurde. Aber ihren letzten Gang, das wusste sie, würde sie noch schaffen können, wenn sie sich zusammenriss.

Es kam der Tag, an dem sie die Entscheidung fällte, dass es nun genug sei. Wie verabredet verbrachten William und Katrina ihre letzten Stunden in der Jagdhütte in Dufftown. Eng umschlungen schliefen sie ein.

Danksagung

Ich möchte mich bei meinem Ehemann Olaf bedanken, der mir stets Mut für eine Veröffentlichung gemacht hat. Der mich unterstützt hat, als Versuchskaninchen beim Lesen der ersten Fassung herhalten musste und mir auch den finanziellen Rahmen für mein erstes kleines Werk zur Verfügung gestellt hat.

Dann möchte ich mich herzlichst bei Andrea Stangl bedanken, die meine Anfrage nicht gleich verworfen hat und sich ebenfalls mit viel Elan in die Arbeit stürzte, um dieses Büchlein zu einem hoffentlich lesenswerten Roman zu gestalten. Sie hat vielleicht einige Nerven bei mir gelassen, da ich als absoluter Neuling überhaupt keine Ahnung davon hatte, was da auf uns zukommt, aber als Profi hat sie es mich zumindest nicht spüren lassen. Ich danke ihr für die netten Gespräche.

Auch meiner Mutter möchte ich danken, die als Zweite im Bunde schon eine Lese-Fassung des Manuskriptes bekam und mich in einem Moment großer Sorge aufmunterte, dass ich es auf jeden Fall versuchen solle, aus allem etwas zu machen, wo es möglich ist, und für alles zu kämpfen, wo es sich lohnt.

Allen anderen, die sich für meine Arbeit interessierten, die den Inhalt jedoch nicht kennen und trotzdem an mich glaubten, sage ich ebenfalls Dank. Ich denke da an Familienmitglieder und Freunde.

Tina Sieweke